I0682904

VIENTRE DE FANGO
Roxana Basso Alvari

Novela Ganadora
VII Concurso Internacional de Novela
Contacto Latino

Vientre de fango
Todos los Derechos de Edición Reservados
©2019, Roxana Basso Alvari
Imagen Portada © 2019, Roxana Basso Alvari
Foto Autora © 2019, Roxana Basso Alvari
Pukiyari Editores

Prohibida la reproducción total o parcial de este libro. Este libro no puede ser reproducido, transmitido, copiado o almacenado, total o parcialmente, utilizando cualquier medio o forma, incluyendo gráfico, electrónico o mecánico, sin la autorización expresa y por escrito del autor, excepto en el caso de pequeñas citas utilizadas en artículos y comentarios escritos acerca del libro.

ISBN-10: 1-63065-113-3
ISBN-13: 978-1-63065-113-8

PUKIYARI EDITORES
www.pukiyari.com

A mi madre
(1927- 2015)

"...hallar el ser
no el morir
y hasta que no lo logremos
la revolución no tendrá lugar".
—Julian Beck (*Canciones de la revolución*)

ÍNDICE

EL FANGO

*"Era como una mancha de dolor,
más y más oscura, más y más densa.
Un plancton. Una nube".*
—Haroldo Conti (*Ad Astra*)

Todo comenzó con el juego de dos mocosas que se juntaban a fumar cigarrillos en la esquina de un bar de putas, el único que había en el pueblo. Desde allí veíamos pasar a esas mujeres, tan seguras ellas, a la pesca de unos hombres agitados todos por la misma necesidad urgente.

Una de esas dos mocosas era yo. Había terminado la secundaria con buenas notas, mi padre trabajaba todo el día en la estación y no me faltaba libertad. Lo mío no era típico. Él era un buen hombre, y mi madre se fue en un desmayo al dar a luz a mi único hermano, un ángel de rizos dorados que la siguió tres años después sin haber aprendido a pronunciar mi nombre. No fui la víctima de un padrastro degenerado, ni una adicta, ni una desencantada, y aunque esto no sea lo que espera oír la gente, podría decir que era puta porque me gustaba.

Los quince años me explotaron de repente en el campo, con un cadete al que después nunca volví a ver. Luego fue cosa de mirar a esas mujeres desde nuestra esquina de siempre, de temer la mueca imprecisa de esas bocas rojas, de esos ojos brutales, de esos cuerpos extenuados por un amor que no existe. Y empezar.

Como me llegaban corazones desguazados de tristeza, muchachitos sin un solo pelo en las piernas, hombres neuróticos por la necesidad de una caricia, y en definitiva gente buena, la verdad es que el trabajo no me pareció tan malo ni tan difícil. Entonces decidí conocer la ciudad, y me fui a Buenos Aires.

Años después llegó Valentina, mi hija, y logré construirme una imagen conveniente aunque ingrata para mí misma. Porque esa imagen fue creciendo, y me acabó succionando en la forma de una puta segura, adecuada, y riente. Yo era de las favoritas, la que siempre reía, la inmutable.

Mi especialidad eran los incomprendidos, esos que se pasaban la vida esperando un momento de discreción para arreglar la hora y el precio. Sin embargo, poco a poco, ellos, y los otros, fueron minando mi persona. Me replegaba en mi soledad y pretendía permanecer lejos del ambiente, sobreviviendo sólo de vez en cuando a costa de algún cliente fijo pegado a la sombra de algún teléfono de rincón. Fue cuando comencé a pensar en dejar el trabajo, e irme con mi hija a otro país.

En aquel tiempo yo solía frecuentar un club instalado en una vieja casona de Ramos Mejía, propiedad de un señor ya grande y con charreteras hasta en los dientes a quien, por esos días, se le había ocurrido abrir las puertas de la cueva más antigua de

Buenos Aires a fin de convertirla en un club, entre comillas, "para los amigos de la familia". Jamás imaginé que los fuegos irían a cruzarse y que en esa *razzia* salvaje de exterminio acabarían barriéndome siete años de historia.

Alguien debió concluir que mi vinculación con Eduardo Bouzoño, buscado por su relación con el ERP y los enemigos de la dictadura no eran compatibles, con lo cual esa ambigüedad me convirtió en sospechosa. Sin embargo, pienso que al momento de mi secuestro ni siquiera estaban seguros de que yo supiera algo.

No sabría recordar cuántas noches fueron en el espacio de unos tres meses. Tal vez unas veinte, no estoy segura. De lo que sí estoy segura es de que en la casona de Ramos Mejía todos eran militares, y que los había de rango. Tipos muy arreglados y por demás higiénicos. Corría el '76, estábamos en Buenos Aires, y nadie hacía preguntas. Mucho menos nosotras.

Pero ahora me avergüenza recordar tanto envilecimiento. Me avergüenza no haber sabido sopesar el poder aplastante de los sicarios con las cuales negocié las noches más sombrías de mi vida, mucho antes de la noche final.

Semanas antes de que me secuestraran yo había estado buscando elementos que me permitieran reunir datos acerca de Bouzoño. Elementos como cartas, fotos, recuerdos... ¡qué sé yo! Algo. Pero fue inútil, porque yo no tenía ni su agenda, ni su diario, ni nada. Sólo conservaba un par de fotografías tomadas en la costanera y algunas cartas llenas de dibujos. En ninguna de ellas hacía referencia a otra cosa que no fuera su obsesión por mí, o a su manía de hallar singularidades en la vida cotidiana.

Eduardo era un hombre raro. Me acuerdo que una noche llegó a deshacerse de todas las cosas que tenía en su cuarto sólo porque no creía poder dormir con todo eso ahí; y una vez se pasó media tarde explicándome los pormenores de una figura que, a juicio de su imaginación y por obra del desgaste natural, estaba labrada sobre una baldosa, en el baño. Me escribía cartas insólitas repletas de alusiones a la textura de una mancha verdosa. en la entraña de un mantel azul, que le recordaba tanto al pellejo de hierba bajo el que habíamos pasado la tarde un viernes cualquiera en el Tigre.

De esas cosas me hablaba él en sus cartas, y conociéndolo, resultaba como imposible encontrar algún dato útil. Tal vez se había cuidado conmigo. Después de todo, en aquel tiempo yo no era una buena interlocutora para esos asuntos. No conocía a sus amigos, pero Eduardo solía nombrarlos cuando estábamos juntos. Vagamente, recordaba sus nombres: Aranita, Plough… y un tal Goitía Reales. En definitiva, que tras revolver baúles y armarios para sólo hallar unas cuántas fotografías intrascendentes, y un puñado de cartas repletas de recuerdos inútiles, yo seguía como al principio: ignorando la verdad.

Pero las llamadas continuaban. Era siempre el mismo tipo, siempre el mismo timbre de voz. Si hoy pudiera oírlo creo que lo reconocería. El instante posterior a la llamada era un vacío de silencio... una brecha de tiempo en la que el pasado volvía en una voz sin semblante, mencionando el nombre de Eduardo Bouzoño. Me asustaba mucho. Me paralizaba.

Quizá no en forma casual las amenazas habían comenzado poco después de que yo abandonara el club. Entonces se me ocurrió que podía ser buena idea dejar el país y llevarme a mi hija. Tenía el dinero para hacerlo, pero me faltaba valor. Además, estaba quebrada de antemano, y ellos lo sabían. Tal vez por eso hayan pensado también que podían sacarme algo fácilmente. Pero se equivocaban.

Y se equivocaban por dos razones: la primera es que yo jamás había sido confidente de Bouzoño. Eduardo no andaba por ahí contando sus asuntos. Es más, pienso que ni siquiera su familia conocía sus coqueteos con cierta ideología, menos que menos con la revolución. Yo no podía imaginármelo con un arma en las manos, él no era así. La segunda es que yo estaba quebrada, en efecto, pero no para ellos, sino para mí misma.

Marcos Garat también lo sabía. Pero él me ofreció su amistad. Una amistad a hurtadillas, aunque vigorosa y honesta.

—Valentina es una chiquita excepcional —me dijo un día, como queriendo llamarme la atención. Yo estaba en la galería de la escuela, mirando sin ver a las pibas que jugaban en el patio, que tampoco me veían. Pero a él sí que lo vi, apareció de repente, sonriendo como sonríen los santos de las estampitas, los niños y los locos. O eso es lo que pensé.

—Eso es porque ustedes hacen buen trabajo —le dije.

—No, eso es porque tiene buena madera. Tus circunstancias no empañarán su destino, ¿no creés?

Su respuesta me sentó casi como una cachetada.

—¿Qué pasa, padre? ¿Acaso Valentina es la única hija de una puta que hay en esta escuela?

Lo vi rascarse la nariz para ocultar una sonrisa acalorada.

—No sé, lo que sí sé es que hay que ser bien valiente para decidir de antemano que tus circunstancias no empañarán el destino de un hijo.

—Eso téngalo por seguro. Además, hasta la Magdalena hacía la calle… ¿o no hacía la calle la Magdalena, padre?

Él no se inmutó.

—No hacía la calle, eso se lo inventó un Papa hace mucho tiempo. Pero acordate de que no fueron ni las putas ni los ladrones ni los locos los que crucificaron al carpintero…

—Ah, ¿no? ¿Y quiénes fueron?

Marcos, el cura, se quedó pensando mucho rato mientras trazaba círculos en el suelo con la punta del zapato.

—Fueron los que prefirieron no abrir la boca —dijo.

Me acuerdo de ese día como si fuera hoy. Un cono de luz se filtraba a través del ventanal y encendía la mirada más verde que había visto. Era la segunda vez que me dirigía la palabra y nuestro encuentro fue casual. Mientras me hablaba, yo traté de acertar de dónde lo conocía. Después recordé que le había visto la semana anterior, concretamente el sábado, entre las cinco y las seis de la tarde, en la capilla del instituto. Era el único lugar de Buenos Aires donde, entre los efluvios del incienso y las desahogadas sombras de los angelones, conseguía olvidarme de los fantasmas. No iba por Dios, iba por mí. Dios me importaba un carajo, ni siquiera era católica; e ignoraba los ritos, pues mi padre nunca me enseñó a rezar. Sin embargo, esa tarde yo me quedé en la basílica hasta después de las seis, hora de misa. Jamás sabré por qué no me fui del templo cuándo comenzó a llenarse de gente, si todo lo que yo quería era estar en paz.

Sin embargo, me quedé.

Entonces ingresaron los monjes. Noté que se disponían en semicírculo en el altar, y que uno de ellos, el más joven, se salía del grupo y se ponía a prender los cirios. Por cada uno que ardía, su cara se iluminaba. Después lo vi recuperar su sitio entre los demás. Algo en su fisonomía delataba un insólito aire de pureza, propio de alguien que ha sido criado entre el campo y la fe en los bienes de la tierra, y eso me llamó la atención.

Me quedé con su cara, así que lo reconocí de inmediato al volver a verlo. «Hola, soy Marcos», me dijo. Ni siquiera me dijo «soy el padre Marcos»; no. Marcos, a secas. Sin etiquetas. Yo había encontrado un buen rincón entre las sombras, lejos de las miradas indiscretas. No me molestó verlo ahí, sonriendo al reparo de unos ligeros anteojos dorados. Tenía una mirada mansa, pero lúcida.

Debió darse cuenta de que iba a ser inútil invitarme a participar en lecturas bíblicas o cantos litúrgicos, así que me habló de otras cosas. Con una gentileza y un tacto que le agradecí en silencio, me contó que esa tarde los albañiles lo desalojaron de la sacristía para hacer unos arreglos, que en Varela alguien había dejado a su cargo la construcción del techo de una capilla «y vieras qué linda se pone, tomando en cuenta que ha sido un depósito de colchones». Añadió que prefería el adobe a la suntuosa capilla del colegio, y no por despreciarla, sino porque él era del interior —en concreto, del Chaco— y siempre supuso que el adobe resistía a los temporales y a las epidemias mejor que la piedra. Que poseía una elasticidad similar a los corazones. Además, ahí adentro las personas se arrimaban unas a otras, «una cosa bien distinta a la piedra de acá, esta piedra distante y gris».

Lo fustigué con miradas insolentes, y en todos los casos fingió ignorarlo. Pero me alivió que en ningún momento hablara de religión.

Unos días después supe que Marcos Garat había sido trasladado al instituto donde estudiaba Valentina, mi hija. Por esos años yo creía en las casualidades, esas situaciones incómodas e ineludibles que a veces es preferible no confundir con el destino. Mientras caminábamos por el claustro, la hermana Beatriz, maestra de Valentina, hizo referencia a un tal Marcos, franciscano él: «un hombre de gran vocación e inteligencia». Yo abrigaba la esperanza de que no se tratara del mismo Marcos que conocí en la capilla. Es de imaginar mi sorpresa cuando comprobé que se trataba de él.

Yo pude haber evitado que Marcos ingresara a mi vida. Pero a veces la vida te arrolla hacia terrenos labrados de antemano, porque se escribe sola y con detalles imposibles de eludir. Lo supe cuando él me tendió la mano y yo se la estreché fugazmente, temiendo que notara el frío sudor de las mías. Entonces tuve una sensación extraña, algo así como un presagio, y retiré la mano como espantada.

Él se quedó perplejo.

Fue por esos días que mataron al padre Ibáñez en la sacristía de su parroquia, y creo que fue por esos días, también, que Marcos se negó a rezar misa. Yo estaba ahí, así que lo vi. Como era habitual los viernes por la tarde, Marcos hacía la misa en la capilla del instituto, pero esa tarde no lo hizo. Se le acercó un monaguillo para alcanzarle una *Biblia* que él aceptó con una fría sonrisa y la abrió en una parte que estaba marcada con una cinta roja.

—El Evangelio según San Mateo, capítulo 23 —anunció. Me pareció que titubeaba y que no se decidía a empezar, pero lo hizo. Lo recuerdo tal como si fuera hoy, con las yemas de los dedos estrujando el mármol azul del tabernáculo, los ojos enrojecidos bajo los anteojos y ese notable temblor que le estremecía el labio de abajo, ese labio habitualmente sanguíneo convertido en un filón incoloro, de hombre del desierto, que él se relamía con urgencia a cada momento y con escrúpulo, como queriendo quitarse las costras que salen cuando has llorado. Lo recuerdo, también, porque años más tarde yo misma buscaría ese pasaje en una vieja *Biblia* que no era mía, y era el mismo que transformó para siempre mi visión del "escribiente de las arenas", del que pasado el tiempo llegaría a hablarme Eduardo en un avión: *"¡Pobres de ustedes, hipócritas, que parecen sepulcros blanqueados: Hermosos por fuera, pero por dentro llenos de huesos de muertos y de podredumbre! Así también son ustedes, que por fuera parecen justos delante de los hombres, pero por dentro están llenos de hipocresía e infamia..."*. Entonces Marcos hizo algo que nunca comprendí. Se quitó la casulla en presencia de todos, y la dejó caer al lado de los zapatos. Luego cerró el libro, lo dejó a un costado y dio la vuelta al tabernáculo. Se presentó ante nosotros vestido de hombre. Lo único que delataba su condición religiosa era la gran cruz de madera que le colgaba del cuello con una correa de cuero. Desde ahí paseó su mirada entre la gente.

—Los justos, que son mayoría en esta casa, no se sientan ofendidos —dijo, con un timbre diáfano—. Pero sepan que mientras los fariseos que están aquí esta tarde sigan en la casa de Dios, yo no voy a rezar misa.

La capilla se llenó de murmullos y dos personas que estaban al fondo se deslizaron sigilosamente hacia la salida y el chirrido de la puerta lateral, abierta con diligencia, hizo que varios nos sobresaltáramos. Una mujer que estaba entre las primeras filas le pidió a Marcos que hiciera la misa justamente por Ibáñez. Él le tomó las manos con dulzura, le susurró algo al oído y se volvió hacia la gente:

—Les pido ahora que regresen a sus casas con mi bendición; mañana habrá misa, hoy no.

Después de eso dio un paso atrás y se dispuso a bendecirnos. Mientras lo hacía, noté que en el banco de más adelante un hombre y una mujer muy bien vestidos se preparaban para salir. Él era pequeño y fuerte; ella, también pequeña y ya obesa, era rubia y llevaba una fina mantilla negra de punto en la cabeza. El hombre se volvió hacia el altar, hizo una genuflexión, se acomodó el nudo de la corbata, y se quedó viendo al cura unos minutos. Tenía una piel trigueña, un cutis fresco, brillante, y unos ojos que parecían cuevas. Marcos seguía bendiciendo sin perderlo de vista. Su mano se movía delicadamente en el aire mientras ese hombre se balanceaba hacia delante y hacia atrás... hacia delante y hacia atrás, apoyándose en las puntas de sus pies, justo al centro del pasillo, y al fondo, con las manos cruzadas a la espalda. Sólo se interrumpió para ayudar a su mujer a ponerse el sacón, un intimidante ejemplar de zorro plateado, tan ostentoso que contrastaba con los muros de la capilla de una forma ofensiva. Luego, salieron. Pero su cara y su mirada hostil se me quedaron pegadas en la memoria como un sello.

Era Nacho.

Todo sucedió muy rápido. Un día me agarraron en la calle, me subieron a una furgo junto con otras personas, y enseguida me encontré encapuchada y amarrada de pies y manos a una tubería, en lo que a duras penas pude reconocer como algo similar a un sótano.

La llamaban El Nicho, pero era un chupadero. Si miraba por la única rendija que había en ese agujero, podía ver la calle y el poste para la parada del 63. Gente haciendo cola para tomar el colectivo: una tumba abierta entre la vida cotidiana y un campo de concentración en pleno corazón de Castelar, algo inconcebible. En ese agujero siempre era de noche, pero cuando ellos me dijeron que tratara de dormir un rato no lo hice. Sabía que los golpes podían reanudarse en cualquier momento, y lo peor de eso era que ignoraba de dónde provenían. Después del dolor me quedaba, además de la sangre, la hinchazón y la rabia, una especie de asombro. Así que resolví no dormirme. No mientras pudiera evitarlo.

Conocí a Nacho en el chupadero, aunque ya lo había visto una vez en la capilla, aquel viernes del que hablé. Sí, cuando Marcos Garat nos bendecía. Era el mismo hombre que días después me iba empujando a través de unos pasillos. El mismo hombre a quien todos llamaban Nacho, y que según él iba a matarme. Cuando me sacaron la capucha y pude verles las caras, entendí que hablaba en serio. Y me hundí.

—¿Qué se siente al saber que dentro de un rato voy a volarte la cabeza?

Recuerdo que el pasillo se acababa en una puerta al fondo, y que, en una encrucijada de esquinas, una lamparilla cubierta con un pañuelo de mujer colgaba de un cable retorcido. El corredor acabó y él me empujó dentro de una esquina, que no daba a un nuevo pasillo, sino a una tapia. Lo vi llevarse la mano a los riñones, y con un movimiento rápido, exacto, sacar su pistola y apoyármela en la frente. Su brazo se mantenía firme y en calma.

—Ahora te toca a vos —me dijo.

Y yo grité. Grité tanto, que rompí en pedazos la cinta que me amordazaba. Una cinta sucia, ensangrentada. Pero cuando dejé de gritar, el cañón de su pistola seguía apretado contra mi cabeza. No sé cuánto tiempo estuvo así, incrustado contra mi carne, martirizándome, silencioso él, frío, regodeándose en el cálculo del último instante:

—En este país se acabaron los derechos y los torcidos, negra de mierda.

Entonces sucedió algo que nunca he podido explicarme. Los recuerdos acudieron de pronto en un puñado de imágenes simultáneas. Vi mi cara reflejada en el estanque de un campo ya casi olvidado, a la sombra de las casuarinas, y el cuerpito arrugado de Valentina trepando furiosamente por el mío, el primer minuto de su vida, bajo un cielo de fluorescentes.

Escuché la voz de Eduardo cantando en falsete su aria favorita de *Madame Butterfly*, y vi su mano ágil mezclando los colores junto a una ventana... y esa otra mano, la de Marcos, encendiendo un cirio amarillo en el altar de la capilla. Oí a mi abuela llamándome a comer, y a mi padre silbando un tango, mientras levantaba el techo que la sudestada del '56 le había arrancado al galponcito de nuestra casa en 25 de Mayo.

Yo no sé... quizá mi mente, enloquecida por la urgencia de un auxilio que no llegaría, se amparó en ese revoltijo de recuerdos recogidos desde mi memoria más profunda y, tal vez porque creía que iba a morir, me entregué sin asombro a la memoria, y tuve la sensación de que mi vida, como la de cualquier ser humano, había valido la pena y que no merecía un final como ese.

Abrí los ojos y me quedé viendo al hombre. Yo no ponía atención al cañón del arma, sino al rostro cenizo del individuo que la apuntaba. No grité. Ni siquiera le supliqué. Se había apoderado de mí una especie de fría locura, y, vaya a saber por qué, hasta me sentí audaz. El miedo cedió su lugar a una calma irracional, y esta, al cálculo. Ya no me importaba que me matara, que lo hiciera si quería, pero que lo hiciera pronto.

Sin embargo, por alguna razón, Nacho dudó. Levantó el cañón de la pistola hacia el techo, muy cerca de mi cara, y sin manifestar ninguna emoción la retiró y se la llevó al cinto con pericia. Me miró de arriba abajo, fríamente.

—Todavía no —dijo.

Me sacó de ahí a los tirones. Yo simplemente lo seguía, recogiendo entre lágrimas los pedazos de realidad que me llevaba por delante igual que las puertas.

Quien lea esto se preguntará cómo puedo contarlo así, con estos ojos secos, pero yo he decidido contar la verdad, y así es como la cuento, con los ojos secos, y en calma, porque ya he tenido bastante tiempo para llorar mordiendo campos y almohadas ajenas, a diez mil kilómetros de aquí, y en tierra extranjera. Me internaba en los sembradíos cuando las máquinas estaban paradas, y lloraba y lloraba hasta agotarme. Lloraba por lo que ellos me habían quitado, por los golpes, las violaciones, las humillaciones, y los simulacros sobre mi cabeza. Y lloraba por lo que hicieron de nosotros en los años de la rabia silenciosa, explotando de vergüenza por haberlos vivido alguna vez, a ellos, a los mismos que reventaron esta tierra, y este río, nuestro río, para convertirlos a ambos en cementerios.

Marcos tenía la corazonada de que algo iba a pasarle, y andaba como sofocado. Ese día supe que uno de los asuntos que deseaba resolver éramos mi hija y yo. Me asombraba que fuéramos tan importantes para él, pero lo éramos.

Él esperaba pacientemente lo imposible. Como lo había esperado sin decir una palabra aquel sábado en que nos conocimos, mientras se alejaba por la nave de las sepulturas hacia la salida del templo, y lo veía desaparecer con las manos en los bolsillos, sin prisa, simulando haberme olvidado, aunque no fuera verdad. Para mí tampoco era cierto que lo hubiera olvidado, y su cara encendida bajo la lumbre de los cirios amarillos me tomaba por asalto en mis horas de soledad. Él lo notó desde el primer instante, no me lo dijo, pero creía que yo era una buena persona. Y nada lo hizo desistir jamás.

Yo me subía a las gradas de un teatro que tenía que estar bien actuado. La puta quedaba fuera de las puertas del sacrosanto Instituto del Sagrado Corazón, y de puertas para dentro era la madre de Valentina. Me vestía sencillamente, me sacaba de la cara hasta la última sombra, me lavaba los dientes a conciencia, me sometía el pelo en una cola, y salía de mi casa a visitar a esa desconocida que era mi hija. De pronto irrumpía ese cura con su sonrisa, y era como si me volviera el alma al cuerpo.

Me sonreía, y había allí una muda piedad por los atuendos, por el que dejaba afuera, y por aquel con el cual ingresaba para ver a Valentina, porque ninguna indumentaria podía ser más reveladora que el de la cara lavada y los zapatos chatos, porque él no veía aquello que de puertas para dentro exigía el protocolo de la escuela, sino otra cosa. Él adivinaba en mi cara los surcos grises de la vida rota, esos que no se borran con el agua y el jabón, ni con el tiempo. Ese velo impreciso que les anda por la cara a las putas y a los vagos. Él rastreaba con su mirada los huesos que reventaban contra mi carne, apenas, y las venas nudosas de mis manos, siempre apretando un bolsito con caramelos y juguetes. Y yo lo quería matar por eso. Al principio lo acicateaba con sarcasmos, lo dejaba plantado en medio de un pasillo, lo examinaba de pies a cabeza para ponerlo nervioso, lo condolía con mis contoneos insolentes, le negaba una respuesta, y hasta le coqueteaba. Pero a la semana siguiente reaparecía sonriendo igual que siempre. Cuando descubrí que él había ganado, ya era tarde. Lo que yo sentía era una incongruencia.

Y qué podía hacer yo, si él creía en mí, y pretendía convencerme de que Valentina y yo podríamos llevar una vida normal, como madre e hija. Cuando me lo dijo, yo me reí, me reí mucho, me reí de esa inocencia suya. Cuando el fango amenazaba con ahogarme, cuando ignoraba qué podía suceder al día siguiente, él salía con esas cosas... Y de pronto pensé en mi hija, la vi jugando al elástico con sus amigas, como tantas veces la había visto, me oí despertando en mi casa al borde de una resaca mortal, dando manotazos dentro de un cajón en busca de unos calmantes, dejando caer el tubo del teléfono sobre la horquilla, espantada, y retornaron los ojos estupefactos de Valentina implorando un destino.

Un momento más tarde me encontré llorando sobre esa mesita, y al levantar la cabeza noté que Marcos me miraba sin entender nada. Entonces se lo dije. Le dije que no podía llevarme a Valentina, y le expliqué mis razones. Le conté lo de las amenazas por teléfono, incluso lo de Bouzoño. Él me escuchó atentamente, y parecía que nada le sorprendía.

—Ahora ya sabés que todas nuestras acciones figuran en un expediente —me dijo con una voz que a mí me sonó como un espasmo. Le aseguré que los trámites para salir del país demoraban mucho, y que en caso de rajarme, naturalmente no pensaba hacerlo sola.

Pero ya se sabe lo difícil que era salir de la Argentina en el '76. Era difícil, y mucho más sin una causa de peso. Es de imaginar que yo no iba a explicar mis causas... y Marcos era el único que las conocía. Era inútil acudir a la justicia, porque la justicia no existía.

Además, ¿con qué argumentos podía presentarme? ¿Iba a decirles que me extorsionaban por teléfono para que les dijera dónde estaba Bouzoño, al que no veía desde hacía años? ¿Iba a decirles que ellos creían que yo era una puta vendida a la subversión? De ninguna manera. Yo sabía que esos tipos hablaban en serio. «Estás en la lista», me decían. Yo jamás lo dudé. Si habían acabado con la vida de altos funcionarios, terminar conmigo iba a resultarles facilísimo.

Le conté a Marcos lo que pude, y él me explicó lo suyo. Me confió que también lo amenazaban. Estaba de más preguntar por qué. Mientras hablaba, se fumaba un cigarro pensativo:

—También hay gente que pretende justificar su guerra en nombre de una libertad que no conocen. Sólo la imaginan.

Esa gente combatía al enemigo usando sus mismas armas, y sus héroes, que para muchos eran santones, acabarían tarde o temprano ausentes, o en la impunidad. A Marcos le resultaba penoso pensar en ellos. Según él, dentro de unos años ya no habría diferencia entre los bandos, y habría que buscar nuevos pretextos para seguir haciendo la guerra. En las guerras los hombres simplifican las diferencias y se regodean en el exterminio de las ideas. Él había perdido a dos de sus mejores amigos en esa guerra, y al recurrir a la justicia sólo había recibido demoras, excusas e insinuaciones de silencio por parte de la curia. Pero sus amigos no aparecían. Vivíamos una realidad desmesurada, el país era como un gran campo minado y todos estábamos sobre él, a punto de explotar. Pero la libertad, esa palabra que sólo para algunos era una cosa útil, un valor primordial, era astuta, escurridiza, y actuaba a través del pueblo, en la ciudad y al otro lado de la General Paz, en las provincias, entre la gente del campo y aún entre aquellos que operaban desde el exilio. Claramente, a mayor opresión, mayor resistencia.

—Por eso no voy a dejar de hacer lo que tenga que hacer, ni voy a callar lo que tenga que decir —dijo Marcos, con una cierta rabia amortiguada por su serenidad norteña de siempre, que no le impidió sentenciar—: No, a menos que me cosan la boca.

Y alguien se preguntará qué era lo que Marcos sabía, exactamente. Pues tal vez aquello que la hermana Beatriz escuchaba a hurtadillas desde su rincón secreto, en el *foyer*. La historia de los aviones que planeaban sobre el río, en la madrugada. La monja se justificaba diciendo que tantas horas encerrada ahí adentro no podían sustraerla a cometer ciertos pecaditos, y uno de ellos consistía en andar oyendo detrás de las puertas:

—Si usted supiera cuánta gente viene a ver al padre Marcos, y él los recibe a todos, como la recibió a usted...

Y ese mismo día me contó que Marcos nunca se fue al Chaco, que era a donde pensaba irse. Ni siquiera salió de Buenos Aires. Tampoco llegó a Retiro.

—Hubo gente que vio cuando lo detenían —me dijo—. A unas cuadras de aquí, unos hombres en un auto grande. —La hermana Iris pretendía evitar que las monjas comprendieran lo que pasaba, pero Beatriz no era estúpida—: Al padre lo llamaban mucho, a veces a horas insólitas, y una vez hasta tuvo la osadía de contarle a la gente que el río de la Plata es ya un depósito de cadáveres.

Me aseguró que Iris María prefería que el padre Sebastián se ocupara de misa, y que Marcos sufría mucho por eso. Aunque la superiora nunca se lo dijo, lograba que él se enterara por terceros.

El domingo anterior al secuestro el cura había aceptado una invitación del padre Ovidio, en la Basílica de Nuestra Señora del Rosario. Había gente que no lo miraba con simpatía, y una vez ella había creído oír algo sobre unas bolsas que por las noches arrojaban al río desde un avión.

Luego la hermana Beatriz me llevó a la sacristía. La puerta del saloncito que pertenecía a los curas estaba entreabierta, y aproveché su ausencia para espiarlo. Todavía conservaba el fresco desorden del lugar que ha sido abandonado en forma imprevista. El catre donde dormía Marcos, con su jergón revuelto y su sábana hecha un ovillo, no había sido cambiado. El viejo ropero de caoba, que Marcos había presentado en broma una vez como una reliquia de la Revolución de Mayo, se ventilaba con sus puertas abiertas de par en par, descubriendo unas pocas prendas, apenas unos pantalones y un puñado de camisas. Era un lugar pobre, y ahora que él estaba ausente, esa escasez parecía peor.

Marcos me invitó a su mesa muchas veces, y esto me hacía vacilar. Cuando lo veía me pasaba eso de creer que una puta no puede ni debe espiar lo que hay a la otra orilla, y no al territorio necesario pero aborrecido de la gente común, de la misma gente que se asomaba a nosotras para alquilarnos e intercambiar concesiones; sino al otro, al de los puros, al de los yesos que desde chica había imaginado como de fábula, porque los santos, esas cascaritas de cristal, no podían existir, ni Dios, ni la Virgen del Pesebre, ni el hombre de la Cruz, ni el diablo existían... no para mí. Pero una tarde Marcos me invitó a su mesa y yo sentí que él se escapaba de algo muy similar a la muerte. Menudo compromiso para mí, que lo intuía. No me lo dijo directamente, pero me reveló que deseaba dejar listos un par de asuntos antes de volverse al Chaco. No sé si era por eso, o porque presentía otra cosa. Me dio miedo su ansiedad. Sospeché que toda su vida dependía de dejar listos ese par de asuntos, y en su voz yo adiviné una sospecha que Marcos no podía ocultar del todo.

Sin embargo, nunca llegaría a salir de Buenos Aires: lo detuvieron antes de que pusiera siquiera un pie en la estación.

Un domingo me dejé arrastrar hacia la otra orilla, sintiendo que la vida volvía a su punto de partida. Recuerdo que era una mañana perfectamente despejada en Buenos Aires y que comencé a bajar en dirección al puerto. En los conventillos, casi sobre la acera, el viento agitaba la ropa colgada en los cordeles. Las cabezas oscuras de los pibes se asomaban a las ventanas, escapando a los saltos mientras los estibadores subían por la calle con esfuerzo, y la ciudad empezaba a parecerse a cualquier otra ciudad a la hora del almuerzo. Pensé en ir a tomar una copa, para despejarme. Entonces me desvié hacia la avenida y me paré en un kiosko para comprar cigarros. Me subí a un colectivo en dirección a San Telmo. Y busqué un bar.

El despachante estaba recargado sobre el mostrador conversando con una mujer que tenía una escoba en la mano. Me miraron. En el fondo, sentado a una mesa, había un hombre tomándose un vaso de vino. Yo me aposté en un banco alto cerca del mostrador y pedí una ginebra. Mientras me la tomaba, la mujer salió a limpiar la entrada. Pero al rato nomás regresó.

—Viejo, parece que encontraron un muerto en la autopista.

Yo la miré, y no sé por qué, supe que eso podía ser importante. Así que presté atención.

—Qué novedad —respondió el despachante.

Yo seguía a la mujer con la mirada. Noté que se había quedado pensando, como intrigada. El hombre del fondo se levantó y le estaba pagando al despachante. Los tres lo vimos marcharse cabizbajo y triste.

—Ése sí que está en la lona —suspiró el despachante sacudiendo la cabeza. Cerró la caja con estrépito y empezó a acomodar unas botellas. Fue ahí cuando se me ocurrió preguntarle a la mujer si sabía quién era el hombre que habían encontrado en la autopista, y ella respondió que se trataba de un cura.

—Bah, sería uno de esos curas que andan en política —desdeñó el despachante desde la otra punta del mostrador.

Me levanté tambaleando. Y no por el alcohol, sino por el comentario que acababa de oír. Hubo un alboroto, y la mujer y el despachante que me sujetaban para impedir que cayera. Con más rabia que susto, el tipo empezó a quejarse:

—¿Ya está en pedo? ¡Pero si tomó poco!

La mujer me acariciaba amorosamente. Tenía unos ojos bellos. Me hizo sentar en una silla. Luego me ofreció café; le dije que no. Se dedicó a observarme. Al rato pareció llegar a una conclusión, entonces me preguntó si tenía hijos. Le dije que sí, y ella me contó que también tenía uno. Se llamaba Pablo, de veintisiete años. Trabajaba en el puerto y su mujer esperaba un hijo para enero… ¡su primer nieto!

Ingenuamente, la buena mujer creyó adivinar el motivo de mi confusión. Me apretaba la mano diciendo que no me apenara por Juan, su marido —el despachante—, que era un poco bruto para tratar a la gente, pero que no era malo; pasaba que se peleaba mucho con Pablo, discutían y nunca se ponían de acuerdo… porque Pablo estaba en el sindicato y ya varios de sus amigos… —su voz se quedó congelada en una pausa que se hundió como un cangrejo en la arena, aunque se repuso rápidamente. En fin, cosas de la política. Su Juan tenía miedo de que a Pablo le pasara algo como a ellos, por eso lo peleaba. Su Pablo era tan inteligente, y hablaba tan bien... ¿Se siente mejor?

Le dije que sí, que le agradecía, que ya me iba. Ella me acompañó hasta la puerta. Le puse un billete en la mano, pero ella se quedó sin saber qué hacer con eso y al final me lo devolvió.

—No siga tomando —me reprochó con aires de madre—. Ahora váyase a su casa, cómase algo y olvidesé… deje que los hombres se emborrachen; que cuando no están para nada mejor, están para eso. Si es por un hombre, ya a su edad sabrá que no vale la pena… y si es por un hijo ¡todo lo contrario!, porque la querrá bien serena.

Ni por un hombre ni por un hijo. Por un cura.

Al salir de allí hice una parada en el kiosko. Un sudor frío me corría por las sienes y las manos, y no podía moverme. Exploré los titulares en la primera plana, pero tenía los ojos empañados. Durante un instante estuve a punto de agarrar el diario, pero el miedo me paralizó. Yo sabía que en alguna de esas páginas podía leer el nombre de mi amigo, y esa posibilidad me echaba para atrás. Diría, más bien, que me asfixiaba. Hacía tiempo que las víctimas de esa guerra sucia habían dejado de aparecer en primera plana, ya nadie se sorprendía, y a menos que se tratara de algún personaje importante, empezaban a convertirse en algo cotidiano. Pero Marcos no era un personaje importante, sino un pobre cura de provincia que usaba pantalones baratos.

El hombre del kiosko era un morocho babieca que me puso el diario prácticamente en la nariz: "¡Última noticia, un sotana muerto en la autopista!".

Y yo empecé a caminar cada vez más rápido.

Llegué a la esquina de Humberto Primo y Azopardo. Era una tarde idéntica a cualquiera, y el sol se abatía sobre las casonas y los conventillos, calcinando los techos y las veredas engrasadas que trepaban hacia el corazón de San Telmo.

Una pareja pasó al lado mío. Iban con un nene chiquito, y me miraron. La mujer llevaba al nene en los brazos, el hombre empujaba un carrito vacío. Se notaba que hacían eso como una rutina, y al verlos era fácil suponer que todos los días repetían el ritual de cruzar aquella esquina, ella con el nene y él con el carrito vacío, probablemente a la misma hora, llevando esas caras largas y apagadas hasta sus casas. Me di la vuelta para observarlos cruzar la calle. Parecía que andaban con esfuerzo, como si en vez de avanzar desearan volverse, y lo más alarmante es que para ellos tanta resignación era cosa de rutina. No esperaban nada, no pedían ni pensaban en nada. Yo conocía mucha gente así. Gente incapaz de creer en la posibilidad de una alternativa. Durante muchos años yo había sido una de ellos. Yo, que me jactaba de poseer un cuerpo sin alma. No había nada en qué creer, salvo en la rutina de despertar cada mediodía envuelta en esa neblina de alcohol y tabaco en la boca, que era el resultado de una noche demasiado oscura... Y a veces, muy de vez en cuando, dormía toda la noche y me levantaba al amanecer.

Mientras ponía la pava en el fuego, me dedicaba un ratito a espiar la mañana a través del vidrio aún empañado por el rocío de las primeras horas. Me quedaba viendo el cielo gris amarillento abatiéndose contra las terrazas de los edificios. Amanecía nublado y amenazante, como de costumbre; sin embargo, yo me regocijaba en el aire húmedo de una mañana idéntica a cualquier otra de Buenos Aires. Pero a mí me encantaba chapotear esa suerte de libertad que era todo un lujo. Y la libertad era eso, era yo, y era mi hija, y era andar por la calle con la certeza de que nadie podría invadirme cuando nadie me esperaba, cuando me probaba un vestido nuevo ante un espejo, y cuando me alzaba contra mi balcón para ver caer la noche, pesada y negra, sobre las dársenas.

Sin embargo era incapaz de creer en la posibilidad de una alternativa. Me conformaba con algunas migas, y no le pedía a la vida más que la constancia de seguir dejándomelas. Solo unas cuantas migas... ¿qué más podía pedir alguien como yo?

Tal vez esa alternativa en la que no creía, difícil de conseguir en la Argentina de entonces. ¿Qué tenía que ver yo con toda esa historia de persecuciones y secuestros? Los anónimos ya habían comenzado, y yo no sabía que muy pronto me convertiría en otra protagonista de una historia común a mucha gente; una historia de la cual nunca quise formar parte. De la cual nunca nadie quiso formar parte. Jamás había pensado en un verdadero exilio para mí, y mucho menos que pronto iba a engrosar esa lista de chupados.

Ellos me chuparon mucho antes de que yo tomara la decisión de escaparme a España, a la casa de los Piñeiro, unos viejos amigos de mi padre que eran buena gente, y no sabían nada acerca de lo que yo hacía en Buenos Aires. Ése iba a ser un viaje que Valentina nunca olvidaría, algo que nos mantendría lejos del peligro. Y después, quién sabe, quizá podríamos quedarnos allí para siempre.

Cuando se lo dije, Valentina se puso feliz. Me dijo que iba a llevar sus libros y sus muñecos. Era una criatura preocupada por sus hijos de algodón, una madrecita advertida, cuidadosa... ¿De quién era el mérito? Yo le daba todo lo que podía, es decir muy poco. Apenas unas cuantas horas un solo día en la semana, ropa nueva, algún juguete, y una sucesión de fantasías y mentiras. ¿Qué podía yo decirle a una niña que guardaba por sus criaturas un celo mayor que el que su madre había sido capaz de abrigar por ella en diez años?

Valentina vino corriendo hacia mí como un potrillo, un poco bruta, y aterrizó en mis brazos con la torpeza juguetona de su *Zamba de mi esperanza*, que era lo que le gustaba bailar. Valía la pena verla crecer sana, limpia y hermosa, experta en los juegos más perfectos, desbordante de canciones que son una risa, mami, pará que te canto esta…

> *"Estaba la Reina Batata*
> *sentada en un plato de plata,*
> *el cocinero la miró*
> *y la reina se abatató…*
> *la reina temblaba de miedo,*
> *el cocinero con el dedo,*
> *que no que sí, que sí que no…*
> *de malhumor la amenazó.*
> *Pensaba la Reina Batata:*
> *ahora me pincha y me mata…*
> *y el cocinero murmuró:*
> *«Con esta sí me quedo yo»"*.

Me dejó pasmada su manera de impostar la voz, con ese brío teatral de diva en miniatura, poniendo los bracitos en jarras, unos bracitos a los que yo hubiera podido envolver entre índice y pulgar, que así de endebles eran y así de resuelta la niña que los llevaba, y tuve la sensación de que esa niña nunca iba a necesitarme, de que me hallaba ante una criatura de otra naturaleza, vigorosa, alguien que jamás llegaría a depender de mí. No advirtió en ningún momento la poca gracia que me hacía la canción. Ella, en cambio, estaba divertidísima.

Esa tarde estuvimos juntas mucho tiempo. Valentina me llevó por la galería hasta el aula donde estudiaba y se subió al alféizar de la ventana.

—Ese dibujo que está en la pizarra lo hice yo.

Me quedé viendo el dibujo, y la miré. Sonreía entera, al borde de la risa, como su padre. Era lógico, muy lógico. Su padre era un artista, y quién sabe, tal vez algo más. Nunca había visto yo un árbol igual a ese, tan frondoso y lleno de raíces, y me lo guardé en la memoria como si se tratara de una revelación. Sus ojos castaños, cruzados por un sutil mechón de pelo rojizo, me trajeron el recuerdo de un semblante que no hacía más que traerme problemas: el de Eduardo Bouzoño, a contraluz en la escena en blanco y negro de su *atelier* de Villa Crespo, hacía ya años. Valentina me confió que le encantaba ir a la capilla cuando no había nadie:

—Todas las cosas están quietas, así... como dormidas.

Se bajó de un salto y me sacó del aula en un instante. Quería que la acompañara a la capilla, y yo la seguí como por inercia. Y en la capilla estaba Beatriz. Sí, aquella monja, Beatriz. Su cara, presumible bajo el velo almidonado y limpio, ofrecía una interminable plegaria a su Dios, y a la sencilla cruz de madera suspendida al centro y arriba en la bóveda azul del altar, los floreros a ambos lados, saturados de rosas blancas y amarillas, el San Francisco de yeso a la derecha, la Santa Clara a la izquierda, erguidos los dos, e inertes. Tal como decía mi hija, todas las cosas estaban quietas... así, como dormidas, con Beatriz orando inmóvil ante el altar. Con Buenos Aires afuera, sabiendo y no sabiendo. Con la curia haciendo como que no sabía.

Beatriz debió percibir nuestra presencia porque se dio vuelta y se nos quedó viendo unos momentos. Valentina le sonrió de oreja a oreja y la monja le devolvió una sonrisa cargada de tristeza. Eran las siete y media de la tarde, hora de misa, pero en la capilla no había nadie, sólo nosotras. ¿Por qué? Claro, faltaba Marcos. ¿Dónde estaba él?

—Hola, hermana… perdone.

—Ni hay nada que perdonar, hija… ¿se lleva a la nena hoy?

Me sentí atropellada por un miedo súbito que tenía la forma concreta, palpable, de un presentimiento. Ni se me ocurrió preguntar por Marcos.

—No… hoy no me la llevo. Valentina ya le contará…

La monja se mostró sorprendida.

—Pero, ¿no se la llevaba hoy?

—No, hoy no.

Entonces sentí un tirón en la manga. Era Valentina, preguntando qué me pasaba. La saqué de la capilla y le pegué un largo, larguísimo abrazo. Olía maravillosamente, como sólo pueden oler los hijos. Lavanda en el pelo. «Nos vemos el viernes, querida mía», le dije. Ella se deshizo refunfuñando y salió corriendo hacia las aulas. Al llegar al fondo de la galería se dio la vuelta justo bajo un rayo de sol que se filtraba a través del ventanal, y el gallo de alguna veleta se le reflejó en la coronilla como una flor exótica sobre un velo de seda. Desde allí, chilló: «¡Tenés miedo de que te pinchen, parecés la Reina Batata!». El repiqueteo de su carrera de colegiala alejándose por la galería se me quedó grabado durante años. El eco de un instante en que la memoria, siempre seductora, la traía en sueños de vez en cuando como una impostora disfrazada de efímera felicidad.

Y yo sé que ese día Valentina me odió. Me odió con ese odio difuso que sienten los niños y que los llena de culpa y de vergüenza. Me odió porque no me la llevaba. Me odió porque sabía que no tendría el valor de llevármela. Me odió porque presentía que jamás llegaría a llevármela.

Y presentía bien.

Cuando estaba en el chupadero, y siempre después de violarme, Nacho me amenazaba constantemente. Me apretaba la garganta riendo, y me repetía que no me hiciera ilusiones, que no me las llevaría de arriba, que ya me iba a tocar en serio. Decía que iban a contarle a mi hija la historia de la puta que estuvo con un guerrillero, y que no la iba a ver nunca más. Yo no estaba en condiciones de dudarlo. Sabía que él podía hacer cualquier cosa, incluso ponerme un gatillo en la cabeza y tirar de verdad.

Un día Nacho me llevó con otro hombre, uno de pómulos amarillentos, casi delicado, con más aspecto de empleado de ministerio que de militar, que me tomó del brazo suavemente y me hizo sentar en una silla. Se cuidó de convidarme un cigarro con unos dedos blancos y pecosos que me repugnaron, pero yo me había acostumbrado a la náusea cotidiana de amanecer, o creer que amanecía, en un agujero amarrada a un pedazo de hierro podrido, y su cortesía me dejó abrumada.

—Tranquila, Mercedes, no tengas miedo.

Era la primera vez, desde que estaba ahí, que alguien me llamaba por mi nombre. Quiso que supiera que él nunca había querido que me lastimaran. Yo me tragué el anzuelo con desesperación, y no tardé en atorarme como un pez hambriento. Cuando supe que se trataba de una trampa me hundí como si hubieran estado golpeándome dos horas seguidas. Porque ese hombre tenía una manera exacta, eficaz, de golpear sin que le fuera necesario tocarme un pelo, pronunciando cada palabra con delicadeza, mientras me obligaba a repetirla una a una, dos, tres, diez veces, entre preguntas que admitían sólo una respuesta y aparentes contradicciones que generaban nuevas repeticiones y nuevas preguntas.

Él esperaba, aplastando despacio con el pie la colilla del cigarro en un suelo ya lleno de colillas. Luego se volvía hacia mí con una mirada que ponía fin a todas las respuestas y las convertía en una certeza, en algo indiscutible. Formulaba sus preguntas una tras otra, valiéndose de sus propias palabras para confundirme.

Era distinto a los otros. Cada minuto de dolor diseminado sobre cada partícula de mi cuerpo parecía hacerle el efecto de una conquista. Veamos, puta desde los dieciséis, y que lo corrigiera si me equivocaba... Así irrumpió en mi relación con Valentina: imaginate si lo supiera, si alguien le dijera, por ejemplo, que su madre era una puta...

Se paseó entre mis recuerdos con desparpajo, explorando, evaluando, atando y desatando cabos mientras yo me preguntaba qué vendría después. La forma en que se tomaba el café, de a sorbos pequeños, con la cara semioculta detrás del vasito de plástico, levantando un velo ante sus ojos, su pose gentil al convidarme un cigarro mientras su boca se curvaba en una mueca que era a la vez una sonrisa reconfortante, todo eso me hizo pensar que podía ser más peligroso incluso que Nacho, ya que el secreto de su fuerza no residía en los golpes, sino en las palabras.

Cuando tuvo claro que nada podía sacar de mí por la única razón de que nada sabía, se tomó un largo sorbo de café y me dijo tranquilamente:

—A mí me parece que nos equivocamos con vos... —Echó un vistazo en dirección a la puerta, y le hizo un gesto al centinela. Este se aplastó contra mi espalda y allí se quedó—. Pero, como comprenderás, no te puedo largar, así que por las dudas te vamos a hacer desaparecer... —Le tendió el brazo al centinela, que agarró el vasito ya vacío. Escuché un crujido seco, el ruido que hace un trozo de plástico cuando lo estrujan—: Hay mucha gente que reaparece, pero ese no va a ser tu caso. Vos dependés del poder a cargo, y acá el poder a cargo soy yo. Y si yo decido que desaparezcas, vos desaparecés.

Viendo la que me iba a caer, traté de disuadirlo. Le dije que no iba a contar nada a nadie, que si era necesario también podía salir del país. Con tal de volver a ver a mi hija estaba dispuesta a hacer todo lo que él quisiera. Todo, absolutamente. Él se hizo el ofendido y se lo tomó con un humor chicharrero, de rata. Me dejó claro que yo no podía darle nada más allá de una información que evidentemente no tenía, y en cuanto a lo otro —se rio— él exigía lo mejor de lo mejor al precio más alto de plaza, y no una puta salpicada de mierda como yo.

—¡Que vas a salir del país! —se burló con sorna—. Decime quién va a sacar la cara por vos... ¿Quién te va a ayudar, pedazo de pelotuda? Si no tenés a nadie ahí afuera... Y atendé un consejo: mejor que dejes a tu hija donde está, que las hermanitas saben lo que hacen y tu hija no te necesita. Eso para que aprendas a no mezclarte con la gente equivocada. — Nuevo gesto al centinela—: Llevátela.

Unos brazos me elevaron de la silla, y ese mismo día se decidió mi destino. Esa era la Argentina de la que hablaba Marcos Garat. Una Argentina inescrutable y subliminal andando por debajo de nuestros pies apurados, y de nuestras mentes ocupadas por llegar a casa a tiempo para el almuerzo. Marcos lo sabía, como lo sabría también Eduardo Bouzoño, al que no veía desde hacía años.

Eduardo tenía mujer e hijos. Era delegado sindical, y no podía exponerse. Las cosas siempre estuvieron claras entre nosotros: yo quería tener a un hombre que me gustara, y él quería repetir a Toulousse-Lautrec. Tenía un temperamento caprichoso, y supongo que yo lo entendía. Fui su modelo durante años, nada especial: nuestra sencilla historia repetía el estereotipo de la alianza entre el artista y su inspiración. Pintaba y esculpía el mundo y sus mujeres. Y yo moría por saber qué iba a pasar con el barro que él amasaba, siguiendo la transformación de esa masa gris en la criatura que él creía ver en mí. Luego, cuando el boceto estaba listo, compraba un bloque de mármol y lo llenaba de piquetes. Las manos se le cubrían de ampollas que después se marchitaban y endurecían como los nudos de un árbol seco. Con el correr de los años las ampollas se habían afincado en sus manos, y él las exhibía a propósito, como evidencia de vocación. Sin embargo, nunca pude imaginarlo con un arma de guerra en las manos.

Pero el hombre de los pantalones perfectamente planchados sí que podía. Él aseguraba que Bouzoño no sólo empuñaba armas de guerra, sino que era cabeza de varios atentados. Finalmente, cuando se dio cuenta de que mi inocencia sólo les hacía perder el tiempo, me dejó en paz. El siguiente punto era decidir qué iban a hacer conmigo:

—¿Qué preferís? ¿Río o fusil? ¿Batea o agujero? ¿Muerta, o casi muerta? A mí te diría que me da igual... —Soltó el humo contra una ventana, como si llevara toda la vida sentado ahí. Luego volvió a mirarme—: Si seguís así, sin decidirte, voy a tener que elegir por vos...

Lo que fueran a hacer conmigo no era importante: lo importante era rellenar su aburrimiento haciéndome algo a mí. Se rieron. Entonces me pusieron un pañuelo en los ojos y empezaron a conducirme hacia un lugar al que llamaban La Batea.

Bueno, hasta el momento yo no sabía si se trataba de un lugar o de una situación. Jamás se me hubiera ocurrido pensar que una idea tan cotidiana pudiera tener algo que ver con la muerte. Porque yo estaba convencida de que marchaba hacia la muerte. Ellos me habían tapado los ojos, y parte de mí se había quedado dentro de ese cuarto, sin querer avanzar hacia ningún lugar, empeñada en ver hacia atrás, abriendo los ojos todo lo que podía... en vano, claro, porque la realidad era como una pantalla negra que me negaba la posibilidad de saber, por lo menos, cómo era el lugar donde iban a matarme.

La Batea era un espacio a cielo abierto, eso lo sé. Una vez allí yo seguía empeñada en espiar un mundo que no podía ver, un mundo que olía, que me ponía a sudar y a temblar. Y esperé. Esperé de pie sobre ese montículo de tierra, o de arena. Esperé sola.

Recuerdo que me mantuve inmóvil y en calma, como si no fuera yo, simplemente aguardando.

Oí los disparos... los oí, pero no me dieron. Entonces me caí y los escuché acercarse entre carcajadas. Traté de empinarme sobre un brazo, pero no pude. Me paralicé. Todo se oscureció y los sonidos comenzaron a llegarme de forma curiosa, dilatados, acechantes, aunque perfectamente reconocibles. El viento traía las voces hacia mí: «Aquí ya hay demasiados», les oí decir. Uno de ellos preguntó qué era conveniente hacer. «En el cruce de la ruta», dijo uno. «Por ahí no pasa nadie». Trataron de ponerme de pie, pero al ver que caía, me cargaron entre dos y empezaron a llevarme a regañadientes y a las puteadas. No sé qué pasó después porque me desmayé, e ignoro cómo llegué, a cara descubierta, hasta el borde de una ruta abollada que hería un campo desierto, una porción de pampa olvidada allí en medio de la nada.

Sentí unas manos bajo mis axilas, sosteniéndome, y las ligeras cachetadas que alguien más me aplicaba para espabilarme. Los ojos pequeños de Nacho, y al fondo algo que alguna vez había sido una ruta, me trajeron de nuevo por el camino de una pesadilla de sueño, a la pesadilla real.

«Corré, perra, corré...».

Las piernas me pesaban. Nada importaba ya. Me dolía esa carrera desgraciada, y los cardos y las zarzas contra mis rodillas a cada instante a punto del quiebre. Pero yo seguí corriendo. Deseaba que acabara. No se me ocurrió voltearme para mirarlos a la cara antes del disparo. Que lo hicieran, pero que lo hicieran de una puta vez.

«Corré, perra, corré...».

Oí un chasquido, algo así como el ruido de una rama al quebrarse, y a continuación, un silencio.

Algo ardió en mi espalda, un fuego breve, intolerable. No era dolor, era más que eso. Me desplomé boca abajo y el campo se volvió una espesa hilera de matorrales grises acostados al otro lado de la ruta. Pero el campo empezó a desvanecerse, y yo con él.

Bueno, fui a parar a un caserío. Alguien me levantó y me llevó en una camioneta. No tengo demasiados recuerdos de eso porque iba medio muerta. Nunca supe cómo consiguieron la sangre. Lo que sí me di cuenta era que todos estaban muy consternados. Una familia entera consternada. Iban y venían sin cerrar la puerta a través de la cual me llegaba un vaho a estofado y a crepúsculo. Me acuerdo de un nene de grandes ojos color de acero que entraba a cada rato en la piecita, se arrojaba medio cuerpo sobre la cama y se quedaba viéndome con gravedad aborigen. Una mujer lloriqueando en la otra pieza. «¿Y qué querías que hiciera? ¿Qué la dejara tirada ahí?», se exaltaba la voz de un hombre. Eran muy miserables y estaban muy asustados. Luego apareció un hombre joven en una silla de ruedas. Me puso una mano en la frente.

—No se preocupe, soy médico —me dijo.

No habían dado parte ni a la policía ni a los hospitales, porque suponían que yo era una guerrillera, y que en ese caso ellos hubieran sufrido las consecuencias, así que habían resuelto ocultarme y callar.

—Usted déjelo por mi cuenta —me abordó el hombre de la silla de ruedas—. Nadie la vio y nada pasó.

El que me había recogido trabajaba en una finca, aunque con mucha inocencia casi toda la familia evitaba dar a conocer su apellido. La mujer siempre olía a fritura. Me ponía la comida en la boca y le costaba responder a mis preguntas. Yo quería saber si me habían quitado la bala, o si alguien, además de ellos y el médico, sabía que estaba ahí. A la primera pregunta ella respondió que sí a secas, pero a la segunda, dudó.

—Usted hubiera preferido que su marido me dejara en la ruta, ¿no? —le dije.

A ella le tembló la mano que sostenía la cuchara y vaciló un poco antes de continuar hacia mi boca. No necesité oírla para comprender la respuesta. Le confié que me sorprendía estar viva y que no entendía cómo, lejos de un hospital, ese médico había logrado reponer mi sangre y extraerme la bala. Entonces ella me golpeó con unos ojos metálicos idénticos a los del nene:

—Dios sabrá por qué.

El nene tendría unos ocho años y la cuchara con que me daba de comer le quedaba grande en la mano. Le dije mi nombre y le pregunté el suyo.

—Lautaro Benítez —respondió al instante. Y el pobre se retrajo muy sonrojado porque sin pensarlo soltó lo que le prohibieron decir. Le pedí que no se preocupara, que no iba a contárselo a nadie, mucho menos a su madre.

—Mi mamá dice que vos sos una guerrillera y que nos van a matar —balbuceó sin mirarme. La sopa empezó a derramarse por el suelo. Me sentí impotente, y no pude responder nada—. ¡Los milicos! ¡Los milicos nos van a matar! —gritó con una vocecita inundada. Tiró la cuchara y se escapó corriendo.

No sé cuánto tiempo estuve en casa de los Benítez. Recuerdo que no recibían a nadie, a excepción del médico de la silla de ruedas, que era extranjero, un argelino de origen francés.

Extraño destino el de Paul Ouessant. No podía explicarme qué hacía un hombre cómo él en una finca en medio de la pampa. Más tarde supe que era el dueño de la finca donde trabajaba Benítez. Más tarde me contó que había llegado con su familia en el '62:

—Mi padre quería comprar un campito, y al final lo tuvo.

A los quince años Paul se enamoró de esa tierra monótona, pero a los dieciocho se instaló en La Plata para estudiar medicina, la misma carrera de su padre. Toda la familia había sido expulsada de Argelia al terminar la guerra. Él llegaba con una pierna menos.

—Una granada —explicó. Había aprendido a vivir sin ella—: Yo vi esto antes, en Argel. Una guerra imbécil, como todas las guerras, y además sin salida para nadie. Nadie gana en una guerra, digan lo que digan…

A dos kilómetros del caserío, Ouessant tenía una pequeña finca hortícola donde también cultivaba flores. El lugar no estaba lejos, y estará aún, en un punto de la provincia de Buenos Aires entre Villa Elisa y Hudson, donde a la altura de la nada asomaba un desolado atajo de tierra descampada. Por ese entonces era un buen lugar para abandonar a una moribunda. Si ese hombre, Benítez, hubiera pasado con su camioneta una hora más tarde, quizá yo no estaría escribiendo esta historia. Jamás me hubiera visto. Pero esa tarde Benítez resolvió volver a casa más temprano, y me encontró.

Luego, la suerte me trajo a Paul Ouessant, que en muchas ocasiones observó a su padre hacer lo mismo que él hacía conmigo, pero en Argel y en peores circunstancias. ¿Por qué no iba a hacerlo aquí? Entre el amor y el miedo, no hay muchas opciones. Él supo optar. Salvó mi vida. Me ayudó a salir del país cruzando el Paraná hasta Corrientes, y de Corrientes a Brasil, donde me subí a un avión con destino a Madrid.

No fue fácil. Estaba muerta de miedo. Paul y su mujer me llevaron en coche hasta el norte de Santa Fe, donde tuvimos suerte de que no nos pararan. Allí el francés negoció mi cruce por el Paraná con un pescador amigo de Benítez a cambio de unos cuantos cueros de nutria. Y luego, sola, tuve que cruzar Corrientes, donde en Paso de los Libres un hombre al que no conocía de nada arregló mis papeles para obtener un vuelo a Madrid con pasaporte falso. Él mismo me llevó hasta el cruce de frontera.

Lo extraño no fue llegar a Madrid con un bolso que tenía las cremalleras rotas y un puñado de billetes en la bota —detalle de Ouessant, por supuesto— sino cruzar Paso de los Libres, donde obtuve mi pasaporte a la libertad. Era la noche del 8 de agosto de 1976. Estaba muy oscuro, pero el río me reveló la ribera correntina en tinieblas, el lado apenas conocido de lo imprevisible. Los faros delanteros del coche que me condujo hasta allí estaban prendidos y el hombre mantenía encendida una radio donde Yupanqui cuchicheaba, casi, una canción. No corría ni una brisa en el puente, era una noche muy fría de invierno, pero cargada de estrellas, y apenas se oía la voz del criollo cortando el aire con su voz de cantor de taberna baja:

"Qué cosas más parecidas son
tu destino y el mío:
vivir cantando y penando
por esos largos caminos.
Tú que puedes, vúelvete...
me dijo el río llorando".

Se me nublaron los ojos, y tuve que secármelos con la manga.

—Algún día a estas tierras se las llevarán los de afuera —decía Paul.

Detrás de toda esa parafernalia, estaba él. Es posible que Paul hiciera lo mismo por otras personas. Su gente le llamaba "don Pablo", pues él no quería que le llamaran patrón. Era un inmigrante agradecido, y atemorizado. Creo que Paul le tenía miedo al tiempo, su tan temida "bola de goma". No le asombraba mi presencia en ese lugar y en esas circunstancias, después de todo yo representaba su presente, y el de todos. Había que actuar, y lo hizo. Sin embargo, hubo mucha gente que presintió la muerte de las utopías, y Paul era uno de ellos. Algún día esa bola de goma iba a quedar enterrada y habría que hundir el brazo hasta el codo, en el fango. Él no quería estar aquí para verlo:

—Una guerra contra el pueblo es una guerra básica —sentenciaba.

Cuando le pregunté si pensaba volver a Francia, él me miró de reojo mientras escogía unas gasas: «*Oui,* tal vez». Pero, ¿qué tenía en Francia? ¡Nada! En cambio aquí... mujer argentina, hijos argentinos, y una hermosa finca plagada de aromos. Todo lo tenía aquí. ¿Qué podía decirle? ¿Qué estaba loco? Tal vez. Pero yo venía de donde venía, así que todo lo que él dijera me parecía sensato. Además, Paul Ouessant era realmente un hombre sensato.

El Paul apocalíptico, el oscuro, aún me aterra. Por entonces yo me sumaba a su creencia; hoy, no sé. En el fondo creo que confiaba. De no ser así, insisto en que no estaría escribiendo todas estas cosas sobre un país al que volví para ver cómo los justos limpiaban el fango.

Una vez Marcos me contó una anécdota. Estando en Río Grande, muy de mañana, oyó un rumor lejano que no venía de la ciudad. Se abrigó y caminó hacia unas dunas al este de la ciudad. Caminó durante horas hasta la cima de la duna más alta. Pero al llegar no encontró otra cosa que el mar y las dunas: «Era un enorme desierto de agua y arena, sin rastro de civilización. Me sentí extraño, y más poblado que nunca». Marcos decía que uno siente a Dios a través de la gente. También decía que Dios debería ser la elección más natural de todas, y que, en cambio, parece ser siempre la más difícil. Él se movía como una sombra entre los notables, los indiferentes y los marginados, e incluso sabiendo que en el '76 eso podía costarle la vida, nunca paró:

—Necesitan que alguien les haga ver el cielo que está encima de sus ranchos, pero no necesitan descifrar el nombre de Dios para creer en Él.

La gente como Marcos no puede combatirse. Se te mete por la piel, te traspasa. Antes de conocerlo, yo pensaba que Dios era para los demás. Lo creía un privilegio inmerecido, algo que siempre estaba en otra parte. Para Marcos, en cambio, el tema de Dios era mucho más simple. No se trataba de entender nada porque Dios era sencillamente un asunto de todos. Ese cura reparador de techos que solía recluirse en su salón a enfrentar las historias más sórdidas que ha conocido este país, las historias que le contaba cierta gente, exasperante y milenaria andando entre nosotros sin que nadie lo percibiera. Él cargaba con la indignación de los otros, de los que veía aplastados, y un hombre como él tiene que estar preparado por la fuerza. ¿Qué importaba todo lo demás? Si hasta su libertad dependía de nosotros.

Cuando me enteré de que se volvía al Chaco lo lamenté, y me lo quedé mirando sin saber qué decirle. Sabía qué hacer, como supe también que, de hacerlo, lo hubiera lamentado toda la vida. A veces uno tiene la sospecha de que el amor depende de un solo instante, y en ese instante yo pude hacerlo un hombre para mí, solo para mí, pero no hubiera obtenido más que compasión, y yo no quería aborrecerlo.

Entonces me detuve. Detuve la mano que iba hacia él, no hacia su cara, sino hacia él todo, y la dejé suspendida en el aire, un segundo. Le rocé la barba con la punta de los dedos. Él tenía una barba muy tiesa y muy negra, y rabiando en silencio aparté la mano, vencida por el dolor. Fue suficiente para que se diera cuenta de una vez por todas, creo. Me miraba. Pero no vi en sus ojos la compasión que yo tanto temía, sino una extraña demanda de perdón.

Ninguno de los dos dijo nada mientras él me acompañaba hacia la puerta. Cuando estaba en el umbral me volví hacia él y le tendí la mano. Me la estrechó sin sonreír. Era evidente que se sentía molesto. Y yo también.

No sé, pude decirle tantas cosas... Pensé en nuestras raras conversaciones, en su curiosa manera de persuadirme, en su tenaz humanidad. Pero no le dije nada. Me alejé de él tras la fórmula trivial de siempre, que hasta pudo sonar hostil, dadas las circunstancias. Y mientras veía cómo las puertas de los claustros se iban sucediendo ante mí, yo pensé que todo había terminado al momento de abandonar aquel umbral de aquella puerta donde lo había dejado, y estaba segura de que no me quedaría de Marcos más que su recuerdo.

El resto, es otra historia.

Vigo, 23 de diciembre de 1982

EL RÍO

"Ay, mi sueño es como un pesado risco:
he vuelto a mi aldea huyendo de la civilización
como un hijo que viniendo del exilio
otro exilio encontrara más amargo".
—Naim Araidy (*Coexistence*)

Cuando logró sobreponerse a sus pesadillas y comenzaron las calientes romerías de agosto, Mercedes recobró su genio de siempre y volvió a ser la que era antes. O al menos, lo intentó.

Así la encontró Eduardo Bouzoño, años después de su escapada, alentando entre palmas a una banda de gaiteros en una fiesta de pueblo. Había ido directo hacia ella para decirle que llevaba meses buscándola, y Mercedes le preguntó cómo diablos la había encontrado: «Por instinto», le dijo él.

Para entonces Mercedes llevaba ya seis años completos en España. Él no llegaba a eso. La había buscado para decirle, entre otras cosas, que no era un guerrillero, que nunca lo fue. Pero que la mala fortuna y su romanticismo de aspirante a bolchevique le llevaron a mezclarse en el secuestro de un golpista que, habiendo sobrevivido al cautiverio, acabó siendo asesinado por su propia gente. Al ver que las cosas empezaban a complicarse, y mientras él se quedaba en

Buenos Aires resolviendo asuntos pendientes, le pidió a su mujer que se fuera a Brasil con las nenas, donde le concedieron asilo político por mediación de un tío suyo, que era militar retirado y llevaba años viviendo en Sao Paulo. Así que durante una temporada vivió solo, cada día en un lugar distinto, y en las peores condiciones.

Hasta que lo agarraron.

En realidad pudo más el dinero que la ideología: se hablaba de cien mil dólares, y él sólo tenía que hacer la entrega. Si todo salía bien estaba salvado. Harto de pelear a dos aguas entre la patronal y los camaradas, sin conseguir otra cosa que humillaciones, despidos y extorsiones, pensó que la plata sucia le ayudaría a echarse un respiro, como no fuera para bajarse la presión, que ya con treinta y cinco años se le subía a quince; o ensanchar el sueño de comprarse una piedra bien grande y picarla hasta que ya no le quedara ni una sola gota de rabia. Confinar el pánico a la pulpa de un gran bloque de alabastro, de puertas y ventanas cerradas a la guerra. Casa nueva, vida nueva... La triste codicia de un sindicalista amordazado por los cuerpos de los compañeros que aparecían en las cunetas.

Pero salió mal. Lo supo en el mismo momento en que le pusieron un chumbo en la mano. Los emboscaron. Al segundo día del secuestro se montó un operativo militar frente a la casa de Morón, que era donde tenían escondido al industrial, y tuvieron que escaparse. Eran cuatro: Aranita, un compañero de fábrica que como él era del PRT; Plough, que empezaba su militancia en el ERP con más coraje que experiencia; y Goitía Reales, que sí la tenía y que fue quien decidió abortar el plan. Él no llegó a pegar ni un solo tiro. No estaba hecho para eso: «Fui un pelotudo. Yo con estas manos puedo hacer de todo, pero tirar con un chumbo… no sé», le repetía a Mercedes, tragando pastillas entre ginebra y ginebra. A la mañana siguiente se encontró el cuerpo acribillado del industrial en la casa de Morón. El ricachón tenía una deuda pendiente, nunca pagada, con un pez gordo de la SIDE, y los usaron a ellos como chivos expiatorios. El montaje se lo tragó hasta el perro.

Tuvo que esconderse, que así era como se vivía en esa época. Y cuando lo chuparon, en vez de ponerle una pistola en la cabeza, como hicieron con Mercedes, le pusieron por delante una diana con la foto de sus dos hijas riendo, desdentadas, con sus bonetes de celofán celebrando el cumpleaños de la menor en el garaje de la casa de Almagro. Después lo llevaron a un agujero y ahí le mostraron a una mujer sobre una cama elástica, cocinada de arriba abajo como un pollo, pero como un pollo vivo. Más que su cuerpo convertido en algo indescriptible, y el olor a carne muerta, es su boca lo que no ha vuelto a olvidar. Su boca abierta, deformada, y su aullido persistente, atroz. Eso era lo que iban a hacerle a su mujer si él no les decía los nombres de sus compañeros.

Eduardo se puso a llorar como un chico, y los delató.

Lo mantuvieron dos meses en el calabozo, tabicado, y lo sacaban de vez en cuando para hacer alguna tarea dentro del chupadero.

Lo habían quebrado.

Un día lo lavaron un poco, lo espabilaron y lo subieron a un coche con un cañón de pistola apuntándole a los riñones. Al otro lado del cañón estaba su verdugo, y al otro lado del avión al que lo subieron la mañana del 6 de noviembre de 1976, estaba Madrid. Naturalmente, le dijeron que no volviera. Y él no volvió.

Pero Madrid le provocaba fantasías persecutorias, así que se fue al norte, a Cantabria, donde se confinó año y medio en un pajar abandonado, y justo con lo imprescindible, sin recibir ni llamadas ni correspondencia. Sólo recibía la visita de un vaquero, a quién enseñaba a trabajar la piedra y la madera a cambio de los alimentos necesarios para subsistir. Hasta que pudo salir de su escondite y se instaló en un pueblo, donde trabajaba como carpintero y se reunía una vez a la semana con un grupo de exiliados que trabajaban en la búsqueda de los fugados que vivían en territorio español. Fue así como consiguió dar con ella. En Vigo.

Mercedes llevaba demasiado tiempo preguntándose qué debía hacer con el fantasma de Eduardo Bouzoño. También se preguntaba qué debía hacer con las lejanas estridencias que la despertaban en mitad de madrugada, avivando los recuerdos, cuando la impasible casona de los Piñeiro repetía los hábitos de la naturaleza, tras mucho tinto de Amandi y una que otra fiesta a orillas de alguna ría, en una aldea de pescadores. Para ella, que venía de Buenos Aires, eso era poco menos que despertar dentro de un sueño ajeno, o como vivir dentro de un cuento.

Los Piñeiro eran gente simple, siempre habían sido así. Cuando vivían en la Argentina andaban por la calle arrastrando esa mirada de discordia con el ambiente que disimulan a medias ciertos inmigrantes, pero en Galicia habían recuperado su meridiana serenidad de campesinos, y administraban la finca alguna vez comprada por los abuelos. Mercedes se entregó con ahínco a las tareas que la familia le encomendaba, y aunque aprendió, no fue fácil adaptarse a ellos. Era España, con sus campos exiguos que exacerbaban su sensación de anonimato, o Buenos Aires... con la muerte. Y aunque en poco más de un año su cuerpo consiguió recobrarse, también se convirtió en una mujer amable y taciturna que hacía lo que le decían y que se pasaba horas enteras recluida en el ático, espiando el campo desde una claraboya, o leyendo alguno de los volúmenes apilados en la vitrina de castaño que la familia tenía en el salón. Se había instruido por su cuenta y estaba escribiendo un libro con sus memorias, aunque naturalmente no tenía planes de publicarlo.

Escribió la primera carta a su hija apenas llegada a España. La respuesta que recibió de Valentina, garabateada con letras de niña, ajado el papel en las puntas —como todos sus cuadernos— y manchado de leche chocolatada, estaba escrita en un papel con un sello: Joaquín Álvarez Sagasta, padre de Josefina, una compañera de estudios. El hombre la exhortaba a enviar todas sus cartas a ese nuevo remitente, ya que en la escuela podían interceptar su paradero, así que desde entonces todas las cartas eran enviadas a la quinta de Don Torcuato, propiedad de Joaquín, y de ahí entregadas a la niña, que supo mantenerlo en silencio durante años.

Valentina conservaba un buen recuerdo de su madre, y sus cartas insistían todo el tiempo en componer la imagen remota de una memoria resbaladiza. Mercedes le devolvía la esperanza de un retorno inexacto, y Valentina sabía que apenas terminara la dictadura su madre volvería... aunque nadie pudiera precisarle cuándo, ni cómo. Todo era muy vago y no había garantía de promesas.

Mercedes se encerraba en el desván a leer las cartas con un paquete de cigarros encima, y una botella del mejor vino que encontraba en la bodega. Se quedaba largo rato navegando en la cuenca diminuta de su sangre translúcida, sintiendo en ella la indómita inocencia de Valentina. Y pensaba en la gran paradoja de la adolescente idealista escribiendo su carta final, y de su madre, demorándose al otro lado del Atlántico ante una copa de Amandi, posiblemente un poco —sólo un poco— ebria de alcohol y vergüenza, mientras la niña ocultaba libros de Gutiérrez Merino dentro de una vieja maleta, conseguía información acerca de lo que pasaba fuera del instituto y fundaba una revista de arte a intramuros del colegio.

Y esa, su muchacha, la exhortaba a explicarle por qué se había marchado sin ella, dejándola en ese ambiente anestesiado, bueno para la infancia, intolerable para una jovencita de dieciséis años. *"Yo quiero que me contestes las cosas que me tenías que responder porque nunca te las pude preguntar".* Mientras que en un tramo de la carta se llenaba la boca hablando de su madre, al siguiente la sometía a un interrogatorio. A Mercedes le intrigaba qué era lo que podía haber sucedido en el medio.

"Quiero saber de mi papá". La cuenca vacía volvía a la carga con otro poco de Amandi, la mano vacilaba y el vino se derramaba en la alfombra.

"Quiero que me cuentes quién es mi papá, y si es verdad que por él te metiste en esto". La alfombra era una artesanía comprada en Bayona, y exhibía una gran cruz celta con una virgen de rostro austero, casi como implantada en el tronco, y un niño con semblante de hombre surgiendo del regazo. La cara del niño quedó teñida de rojo para siempre. *"O si acaso fue un "error" de los milicos, uno más entre los miles que hubo y vos nunca tuviste nada que ver"*. Mercedes se quedó mucho tiempo tendida en la alfombra, sintiendo el efecto de haber sido derribada.

Jamás le mintió a su hija. Verdad que le retaceaba la información, pero jamás le mintió. Todo lo que Valentina fabulaba sobre ella corría por cuenta de su imaginación, y era algo que la muchacha necesitaba creer. Pero no estaba dispuesta a contarle la verdad completa en una carta, esa no era la manera. Tampoco ignoraba que algún día tendría que responder a todas las preguntas.

Así que le pidió calma, y su hija respondió con silencio.

La noche en que coincidió con Eduardo Bouzoño en la romería de agosto no le habló de esas cartas. Fue la misma noche en que él dejó de ser un fantasma y fue también la misma noche en que volvieron a amarse, porque algo había que hacer con las manos y con todo lo demás después de las confesiones y de las quejas y de los recuerdos amargos.

Eduardo tenía en su boca una obstinada predisposición a la palabra y al beso, y llevaba en el alma una demanda constante de fechoría y quebrantamiento, más o menos como ella, que se quedaba horas oyéndolo (a veces sin preocuparse en interpretar lo que decía, porque le bastaba con verlo gesticular o con oírlo, nada más que por el regusto de su cadencia rioplatense, ávida como estaba de hondura y sensación a entrecasa) y todo lo que decía desbordaba de humor, de atorrantismo, de ironía y de verdad. Con él no había conflictos. El único conflicto que tuvo alguna vez con Eduardo fue el enfrentamiento que hubo la noche del reencuentro. Y también fue el último.

Después de eso, y tras haber andado por el puerto charlando con los marineros, borrachos los dos, Eduardo le dejó la impronta de una larga noche yaciendo en la rompiente, y no volvieron a verse hasta pasados varios meses, cuando acordaron abordar un vuelo a Buenos Aires. Los dos tenían miedo y los dos rechazaban la idea de viajar tal como se habían marchado: solos. Paradójicamente, Eduardo le pidió a su mujer que no fuera a recibirlo. Prefería soportar el primer trago sin que lo vieran sus hijas, tomar un taxi y volverse a casa bien entrada la tarde y pasada la primera impresión, que así estaba mejor. A Mercedes le bastaba con tenerlo cerca cuando llegara el momento. La despedida definitiva, creían, debía ser en Buenos Aires.

Las primeras horas en el avión las pasaron hablando de banalidades, procurando no adentrarse en el espinoso territorio de los recuerdos o en las aguas movedizas del futuro. Fue Mercedes quien tuvo el valor de ir al grano.

—Tengo tantas cosas que hacer allá…

—Y yo ni te cuento —Eduardo hizo una pausa embarazosa—. La sola idea de tener que encontrarme con mi mujer y las pibas después de tantos años me da cagaso.

—Sí, las cosas cambiaron mucho... Yo sólo vuelvo por Valentina.

Silencio mortificante. Un silencio que era casi como una entidad física. Eduardo nunca le preguntaba por su hija. Habiendo aceptado su responsabilidad biológica como un hecho consumado, se negaba a implicarse de otro modo que no fuera pasando de ella sin remordimientos, y poniendo por delante que ya tenía sus propios hijos. Valentina era un asunto de Mercedes, que ya desde antes de su nacimiento sabía muy bien con qué cartas jugaba, y no estaba dispuesta a encender viejas disputas. Mucho menos en un avión. Así que dejó de prestarle atención mientras él la espiaba desde el fondo del asiento. Le molestó que Eduardo estuviera allí, intentando una nueva ficción, una culpa que no tenía, un escenario posible pero innecesario.

—Quiero conocerla —dijo él de repente.

La tomó por sorpresa.

—¿Qué?

—Que quiero conocerla, Mecha, que quiero conocerla... —Eduardo se revolvió en el asiento, se miró las manos. Mercedes hubiera jurado que le sudaban—. También es mi hija, ¿no?

Ella no le quitaba ojo, perfectamente incrédula.

—Sí.

—Por eso.

—Bueno. Si ella quiere conocerte, la vas a conocer.

Y ya no volvió a hablarse del asunto.

—Preparo una expo en el centro —exclamó él, abriéndose de tema abruptamente.

Mercedes lo miró agradecida.

—Qué bien. Estarás contento, entonces…

—Sí, es una retrospectiva. La que se movió fue Amanda —Amanda era su mujer—, porque imaginate que yo… Yo desde acá soy lo que dos y dos son tres, y si fueran cuatro, seguro que nunca hubiera tenido que mandarme a mudar—. Eduardo sacudía la cabeza con escepticismo.

—Y si fueran dos y dos son cinco estarías muerto o internado en el Borda, así que no te quejés —se burló Mercedes.

—Bueno, vos sabés que yo podría haber puesto un taller o una carnicería… sin embargo me dio por la política, y acá estoy. Tengo corazón de basurero y estómago insaciable. Pueden obligarme al exilio las veces que se les cante: resisto el orujo, la harissa, los pimientos, la grappa... la humedad de Galicia, la desidia de los parisinos, el chamuyo de los italianos, las colas en las embajadas, el olor a sobaco universal… todo resisto. Pero la verdad, no estoy seguro de poder resistir el primer minuto en Buenos Aires.

—¿Por qué? ¿Por la humedad?

Él captó el sarcasmo y se echó a reír.

—No, porque Buenos Aires es el único lugar del mundo donde vos y yo podríamos perdernos de vista para siempre.

Mercedes iba a retrucarle, pero no quiso ver en el fondo de sus ojos, y cobardemente, se dejó caer en silencio junto a la ventanilla. Él carraspeó, sacó unos anteojos y se puso a darles lustre, espiándola.

—Y ya que estás podrías buscar a ese cura… ¿cómo se llamaba? —abundó, desplegando el periódico.

Alguna vez le había contado la historia de Marcos, pero desde el final, viéndolo escaparse por la esquina de alguna verdad suya, mientras ella lloraba y lloraba, y se volcaba encima raciones pequeñas de un vino blanco caliente que él se empeñaba en limpiar: «Yo no sirvo para vivir reptando por las catacumbas de Buenos Aires, esquivando las balas de mierda, las picanas y las comisarías; ni para la clandestinidad. Ese cura tampoco servía para vivir reptando por las catacumbas... ¿quién puede servir para eso?», decía Eduardo.

Jamás habían vuelto a hablar de él.

—¿Marcos? Pero si está muerto...

—¿Y cómo sabés que está muerto, si nunca lo confirmaste? —Él la miraba a través de los anteojos con expresión aviesa—. No tuviste tiempo de hacerlo, acordate...

Mercedes lo pensó un momento, pero no respondió.

—Mirá que para que un cura me caiga bien a mí...

—Está muerto, Eduardo.

—Y aunque estuviera muerto, a ver... nada se pierde por preguntar. La muerte ya la tenés. Cabría, entonces, la posibilidad de que el tipo estuviera vivo. Bingo. En realidad, más que tiempo lo que te faltó fue coraje. Se entiende. Pero ahora... ¿qué podés perder por buscarlo?

—No se me había ocurrido pensarlo, la verdad.

—Ah... ¿ves? Ese cura te abrió los ojos a vos...

Eduardo soltó una risita afligida. Mercedes dudó: no sabía si se reía de él, de ella, o de nada.

—Mirá que hacerte amiga de un cura… vos, justo… hacerte amiga de un cura que salta sin paracaídas… —La miró—: Si sabés que mandinga no es boludo, negrita, él sabe bien lo que hace cuando clava el tridente… Será que ya está harto de que lo traten mal al pobre, debe ser jodido aguantar tanto desprecio… Si yo fuera diablo haría lo mismo, clavaría bien profundo, como hizo con nosotros. Vos y yo somos dos privilegiados: lo conocemos mejor que nadie al mandinga. Y tu cura ni hablar…

—Seguro que lo vio de cerca —admitió Mercedes.

—Eso, lo vio de cerca. Aunque yo me lo imagino más bien como en los cuentos que nos contaban de pibes, con mandinga susurrando al oído. Con el diablo susurrando al oído del cura el nombre de los asesinos, y él, en vez de mandarlo al infierno, que es lo que hay que hacer con el diablo, lo escuchó. No pudo haber sido Dios el que le susurró al oído el nombre de los asesinos, Mecha, pensalo bien: si a Dios le importara un cachito así… —Eduardo hizo un gesto con dos dedos—, lo que pasó en Argentina, hubiera impedido que pasara. Pero no, entonces quiere decir que no estaba. No es que Dios no exista, Mecha, es solamente que el diablo puede más.

La risa de Mercedes resonó por todo el pasillo e hizo volver a una azafata.

—¡No me digas! ¿Así que ahora creés en Dios?

Eduardo se quedó como perplejo.

—Bueno… ¡qué cosas!, la primera vez que me ofrecieron carne de buey me negué en redondo. Pero luego probé un solomillo y creí. Si sabés como soy, negra…

Ella le quitó los anteojos, los dobló, y mientras los acomodaba en el bolsillo de su camisa, casi con dulzura, le dijo:

—Eduardo, vos sólo creés en vos mismo.

Aunque sólo creyera en sí mismo, también era verdad que a Eduardo le caía realmente bien ese cura. En realidad, le tenía envidia. Si bien en aquella ocasión, y sólo por incordiarla, le había llamado suicida, esa suerte de inmolación autoinfligida le merecía el más doloroso de los respetos. Una alternativa admirable, creía, para cierto tipo de santos; no para él. El acto de negarse a rezar misa en presencia de los esbirros del régimen por el crimen de un amigo situaba a Marcos entre dos fuegos: el de los militares y el de la iglesia. Que fuera en su propio territorio lo hacía todavía más digno de envidia. Consciente, no. Y por tanto suicida, naturalmente. A sus ojos, Marcos no era un romántico movido por un ideal, sino un hombre movido por una causa que estaba más allá de cualquier revolución y más allá de cualquier territorio reconocible. El suyo estaba bien delimitado, y en el fondo era un asunto de poder: eran los milicos o era la revolución. No había una tercera alternativa. Y si la había, seguro que era inviable.

—No, ahí te equivocás ¿ves?, también creo en el diablo. Soy tan creyente como Marcos, sólo que al revés. Él pertenecía a esa especie de hombres posibles, pero poco probables, que la iglesia teme; a esa reducida legión de los que se ofrecen a esta pobre humanidad de pobres diablos como somos todos. Pero lo hacía creyendo en Dios. A mí, en cambio, me tocó mandinga...

—Admití entonces que sólo creés en vos mismo... —insistió Mercedes con desdén.

Él sonrió. *Touché*, negrita. En su arrogancia, le gustaba creer que Mercedes le debía su agudeza a él. Luego, y sobre todo cuando esa agudeza le hacía el flaco favor de arrepentirlo, prefería pensar que era de nacimiento.

—Pero fijate que el tipo siempre sale ganando. El diablo clava el tridente, Mecha, lo clava despacito... y en el golpe te hace alucinar que Dios existe. ¿Era justo que pagaras un precio tan alto por dormir con un bolche como yo o por compartir confidencias con un cura de las villas? El diablo... la fatalidad ¡qué sé yo!, algo tendría que ser... e igual te entiendo. Un amor que te pertenece a *full* podrá ser inútil, y hasta cursi para algunos, pero resulta legítimo que posea una cuota extra de libertad que eso que llaman amores correspondidos no tienen. Es lo que te pasó con Marcos, según parece. Cualquier mojigato te diría que Dios te lo puso en el camino, pero vos y yo sabemos que eso fue también cosa del diablo, con lo cual te mostró la doble dimensión de la terrible belleza del cura: era bueno, pero te hizo ver quién eras. Y a veces, que te abran los ojos puede ser una cagada...

—Para mí no —intervino Mercedes, contundente—. Para mí la única cagada fue que intentaran cerrármelos de un tiro. Que alguien me los abriera para hacerme ver lo que pasaba en nuestras catacumbas, ni siquiera me hizo mejor persona... te diría que me hizo sentir persona por primera vez.

La azafata avanzaba hacia ellos con el servicio. Estaban a mitad de camino de un espectáculo invariable, y a seis horas de Buenos Aires. Les ofreció un aperitivo, pero ella sólo pidió un té bien cargado, con limón. Eduardo, que se había vuelto hacia la ventanilla y parecía un pollo herido, se negó a tomar nada. El espectáculo, y la espera, se volvían tediosos.

—Persona… —subrayó él, saliendo de su recogimiento pajaril montado al lomo de un repentino sarcasmo—. Tuviste suerte. A mí me convirtieron en traidor.

—¿Y al final supiste qué fue de ellos?

Mecha se refería a Plough, Aranita y Goitía Reales.

Eduardo tembló.

—Supe que Plough se rajó a Suecia. Aranita y Goitía… están desaparecidos.

Después de eso lo único que se oían eran las turbinas del avión.

—Los maté yo.

La voz de Eduardo Bouzoño sonaba monótona, como si no fuera suya.

Mercedes le acarició suavemente el dorso de la mano.

—No, Eduardo… vos protegías a tu familia. Si los mataron, fueron ellos.

—Los maté yo —repitió él, y cada palabra era una bala contra sí mismo.

—Tendrás que vivir con eso, Eduardo —cuchicheó ella—. Yo hubiera hecho lo mismo.

—¡Claro! ¿Ves la diferencia entre el cura ese y nosotros? ¡Vos hubieras hecho lo mismo! Los dos tenemos en común algo más que la mezquina necesidad del retorno. Estamos hechos del mismo material. Vos me traés de vuelta como los aviones. Me hacés ver de frente, sos como las ventanas de Ámsterdam, que no tienen cortinas. Mirá, una vez yo estaba en uno de esos bares que hay en París, con Patricio, mi amigo el cubano, y él hablaba y hablaba y yo oyendo llover… Él hablaba de no sé qué y yo sólo veía espaldas. Espaldas de gente sentada justo frente a nosotros, y yo sentado dando mi espalda a los demás. Como pasa con las casas de Granada, viste… esas que hacían los árabes, amuralladas… casas-trinchera las llamo yo, con las ventanas para adentro. Bueno: a mí esas casas me dan miedo. Miento: no es miedo, es asfixia lo que me dan. Pero tus caricias, Mecha, es decir… si yo hubiera tenido tus caricias la tarde en que Patricio y yo hablábamos de cualquier pelotudez en el bar de París, o si las hubiera tenido mientras deambulaba por las calles de Granada con las casas-trinchera dándome la espalda, todas las casas se hubieran llenado de ventanas sin cortinas y toda la gente se hubiera mirado a la cara de golpe. Y no habría muertos. Y no habría asesinos. Y no habría traidores. Eso es lo que tienen tus caricias.

La azafata ya había pasado, pero Mercedes ni siquiera probó el té, que empezó a enfriarse en el mismo momento en que volvía a tomarle la mano a él. Eduardo la retuvo con ardor.

—¿Y querés saber por qué volvemos? Volvemos porque es lógico. O quizá porque no haya más remedio que volver, Mecha… yo qué sé, uno vuelve en pelotas y hambriento, pero vuelve. Nos vinimos en pelotas y nos volvemos en pelotas, que es como hemos aprendido a vivir. Pero volvemos, ¿cómo no vamos a volver, si allá está todo? Hasta los muertos, están…

A Mercedes se le contrajo la garganta. Agitada por un súbito viento interior, ahora la que retenía su mano era ella. Eduardo la envolvió entre las suyas como si los dos fueran a caer. Ella nunca había visto tanta vergüenza en sus ojos; en realidad nunca había visto tanta vergüenza en los ojos de nadie.

Entendió perfectamente por qué.

Horas después fue la rutina del aterrizaje, la espera silenciosa, y el viento contra la cara al salir del aeropuerto. Mercedes creyó que, al llegar, Eduardo haría alguna de sus payasadas, algo así como besar el suelo o quitarse los zapatos para sentir el contacto de la piedra húmeda y fría, igual que lo había visto hacer en Vigo, acaso por la necesidad de reconocer lo perdido, o simplemente para hacerla reír y también rabiar en medio de la gente. Pero sólo se quedó de pie en medio de la pista con la cabeza vuelta hacia el cielo. Un cielo sin estrellas, ahogado por el resplandor blanquecino de las luces del aeropuerto, y apenas abrió la boca para sugerirle que debían buscar un taxi.

Conociéndolo, sabía que él iba a perderse para siempre, y a propósito, tras haberla invitado a tomar un café en el *snack* más barato del aeropuerto, revolviendo todos sus bolsillos para, finalmente, hallar un casi deshecho papel donde habría garabateado los cuatro primeros versos de un soneto inspirado en Fernanda, pero escrito para Mercedes, y todo entre cigarros, temblar de pulso, fervor de lengua, y desde ya, un Strega a modo de renunciamiento.

—Ya sabés que le dije a mi mujer que no viniera a buscarme... que esta noche me quedo acá.

Detrás de él había una columna de luz, y sus ojos se iluminaban cada tanto, reflejando los destellos amarillentos de los faros de los coches, lo bastante como para que ella lo viera empapado de arriba abajo. Empapado de sudor, de vergüenza o de miedo, dando clara evidencia de no querer moverse de ahí.

De pronto se encontró en sus brazos, su mejilla contra la solapa del abrigo que él llevaba, sus manos acariciándole la cabeza, humedeciéndola. Y un susurro:

—Te dije en el avión que preparaba una retrospectiva, pero te mentí.

La confesión de Eduardo incluía otras verdades que Mercedes comprendió sin discutir.

Por la mañana, en el hotel, un agujero de luz abierto sobre el armario le dibujó las siluetas de las cosas. Quizá la confirmación de que por fin amanecía la hizo sentir un poco más segura. Lo oyó rastrear sobre la mesita de luz en busca de un mechero, y el humo y el olor la llevaron hacia él, que le tendió un cigarro sin mirarla.

—¿Qué vas a hacer?

Eduardo se estiró lo más que pudo mientras bostezaba.

—Ahora, ducharme —dijo. Se quedó un momento pensativo, y agregó—: Después... quiero ver el río, ¿vos?

La hizo sonreír. Quería ver el río. Oler el río. Mezclarse con su bruma grasienta y enorme. Sus ojos exploraron el cigarro que sobre una marea imaginaria él hacía planear en el aire.

—Yo también.

Los pequeños rituales se sucedieron prácticamente en silencio y con premura: el chorro de agua tibia, la ropa limpia, la fragancia dulce en el pasillo, el desayuno en el comedor casi vacío del hotel… Y las preguntas inevitables, la cadencia recuperada.

Viendo que la mañana se presentaba radiante, resolvieron ir a la Costanera. Y aunque el mediodía les cayó encima con la humedad del río lamiéndoles las carnes, ellos estaban perplejos y felices. «Día peronista», balbuceó Eduardo, burlón.

El calor del sol les abrió el apetito, así que decidieron comprar algo de comida en un restorán. Compraron empanadas, y cuando les llegó el turno de elegir dieron rienda suelta a un enfurruñamiento risueño: Mercedes las quería de humita, pero a Eduardo le repugnaba la humita y las prefería de carne con pasas. El empleado seguía la contienda divertido. Al final acabaron escogiendo cuatro sabores, incluyendo la humita, y se agenciaron una botella de tinto riojano de crianza y tarta de manzana.

—¿Viste cómo nos miraba el pibe del restorán? —comentó Mercedes mientras daban cuenta del festín sentados en la rambla.

Eduardo se rio.

—Y sí, habrá dicho… «Estos dos pelotudos se pelean como dos pendejos por unas empanadas…» ¡Si serán pelotudos!

Mercedes también soltó la risa.

—Si supiera…

Y se quedaron viendo el río, en silencio. Súbitamente, él se puso serio.

—¿Si supiera qué?¿Si supiera que acabamos de llegar y que estamos contentos como dos pendejos de morfar unas empanadas que pasado mañana, o el lunes que viene, aborreceremos tanto como los noticieros, las manifestaciones, las colas de los colectivos y la inflación?¿Si supiera que volvemos, sabiendo de antemano, que dentro de dos, tres años, esa panda de hijos de puta no se pasarán el verano en la cárcel, sino jugando con los nietos en sus quintas de Baradero?¿Si supiera que pasado el furor de la bienvenida con asado, vendrán los reproches, las contradicciones, los cuestionamientos y el derecho a obturar y tirar porque este, si se fue, si a este lo rajaron, en algo andaría? ¿Si supiera que estamos celebrando la suerte de haber elegido como destierro esta isla a la que, como dice el tango, siempre acabaremos por volver, como vuelve el perro apaleado al patrón cagador? —Eduardo hizo una pausa rabiosa y porfió—: ¿Si supiera, qué?

Mientras hablaba, Mercedes había dejado la empanada en la bandeja de cartón y lo miraba.

—No cambiaste nada, Eduardo —le dijo—. Seguís igual de jodido. O peor.

Él vaciló. Intentó escabullirse mordiendo la empanada que ella había dejado, pero al cabo la desechó como si le quemara en la lengua.

—¡Carajo!, es de humita...

Mercedes sonrió.

—Sos como los pibes, vos...

Estaba muy contrariado. De repente el río le robó la mirada más triste, devolviéndole un brillo ferroso, una rara luz que le clareaba el alma, y ella tuvo la extraña sensación de que le estaba viendo por primera vez.

Tantas veces se habían mirado de lleno, con el sol en los ojos. Tantas veces y en tantos ríos distintos a ese que lamentaban, deploraban y querían con acostumbramiento, como se quieren los agujeros en las camisetas, o el caliente olor marrón de esas rotiserías mal iluminadas donde parece que la comida ya se ha probado al entrar. Unas veces a orillas del Umia, una vena abierta contra la roca azul de una diminuta tierra real. Otras, en la ribera del Tea, un tajo boca al cielo, callado, surgiendo desde el fondo de sus fantasmas de piedra. Allá donde el presente y el pasado se circunscribían a una parcela muy verde y muy húmeda, tatuada en la memoria silenciosa aunque viviente de sus puentecitos y sus hórreos decrépitos, allá sí que era posible mirarse sin ver.

Porque allí no eran ellos, no completamente.

—Bueno, negrita… para eso estás vos, para marcarme el Norte —admitió Eduardo, no sin esfuerzo.

Unas arrugas muy diminutas le horadaban la cara en declives grisáceos que iban a perderse bajo las solapas alzadas de su abrigo, dibujándole una amargura bien disimulada en su infinitud, tan cuidadosamente guardada que podía pasar inadvertida ante todos los ríos del mundo, excepto ante ese.

—Será para marcarte el Sur —ratificó Mercedes mirando a otra parte.

Fue cuando vieron a la mujer que venía caminando por el muelle. Llevaba un manojo de flores en la mano, un descuidado ramo de clavelinas. Mercedes se la imaginó arrancando flores de los parques, bien por la mañana y antes de que llegaran los de mantenimiento. No sabía por qué había pensado en eso. Además pensó que la conocía. La mujer andaba con un cierto desacierto, como vacilando. No estaba borracha ni enferma. Estaba sola.

Se detuvo a pocos metros de ellos. Llevaba algo más en la mano, un collar de cuentas de plástico. Mercedes comenzó a inquietarse. Ella conocía esos ojos, los había visto antes. Pero, ¿dónde? Comprobó que no era un collar de cuentas lo que llevaba en la mano, sino un rosario. La mujer estaba de pie a sólo un paso de ellos, y los miraba con una tristeza canina. Eduardo también la miró, apartándose de la valla.

—Buen día —dijo la mujer.

—Buen día —respondieron.

Y siguió mirando el río. Mercedes la observó de lleno, y de repente todo estuvo claro. Se vio cayendo, derramando un vaso de ginebra a medio terminar. Recordó su sopor oliendo a alcohol, y esos ojos: «Porque Pablo está en el sindicato... Pablo es tan inteligente, habla tan bien», aquella tarde en un bar de San Telmo, hacía años.

La reconoció por sus ojos. Pero no se lo dijo.

—Qué día más lindo, ¿no? Ya era hora, después de la que nos cayó el domingo pasado... —Se volvió hacia ellos como buscando conversación—: ¿A ustedes les llegó el agua? ¿De dónde son?

—La Boca —replicó Mercedes, secamente.

—Ah, mire... yo también soy de ahí, qué casualidad, ¿no? A mi comadre, que vive cerca, le entró un montón, todavía la están sacando... y no sé si no se viene otra. —Señaló el horizonte, donde una inmensa lengua de tormenta avanzaba sobre la gran bóveda de cielo despejado.

—Es cierto —murmuró Eduardo, con sorpresa.

—Sí, y hoy parece tan tranquilo... pero este, apenas caen dos gotas, ya se pone bravo. —La mujer hizo un gesto para mostrarles el ramo ya maltrecho—: Vea... cuando las clavelinas se ponen feas antes del mediodía, es que habrá tormenta. Y estas se me pusieron feas enseguida. Habrá tormenta, eso téngalo por seguro.

—Las flores se ponen feas siempre después de arrancadas —objetó Mercedes.

La mujer sacudió la cabeza rotundamente.

—¡No! No... mire, no siempre se ponen feas. La clavelina es una planta fuerte que aguanta mucho tiempo sin tierra y sin agua, llevo años haciendo esto, y lo sé. Igual estas me sobraron, así que las voy a tirar...

Eduardo se asomó por encima del hombro de Mercedes, intrigado.

—¿Haciendo qué, señora?

Ella titubeó un instante, manoseando los ajados pétalos de sus clavelinas.

—Todos los viernes vengo... son para Pablo, mi hijo. Se lo llevó la noche, hace años. Ahora él está allá. —Y esgrimió el índice apuntando directamente hacia el río de la Plata.

Eduardo se quedó sin palabras. Justamente él, quedaba sin palabras. Su semblante mostraba impotencia y miedo. De pie entre los dos, Mercedes se sintió ineficaz: «Una vez creí escuchar algo sobre unas bolsas que, bendito sea Dios, tiran al río desde los aviones...». No había olvidado aquella vieja confidencia parapetada entre los exiguos muros de la sacristía, allá por el '76.

—Ustedes pensarán que es una locura si les digo que mi hijo me visita en sueños y me pide que venga acá... sin embargo, me pasa. Podría comprarle unas buenas rosas ¿sabe?, o unos claveles de esos que adornan con helechos, pero arrancar flores de alguna plaza, y de vez en cuando, no creo que le haga mal a nadie...

—No… ¡qué le va a hacer! —exclamó Eduardo, profundamente impresionado.

Se miraron. Hubo en ese silencio pactado un dejo de comprensión y de alianza. Una afinidad natural que tenía como paradoja la desnaturalización, el desastre, el conciliábulo forzoso entre sobrevivientes.

—Les pedí que revisaran el río... y se me rieron. Me dijeron que no puede revisarse un río como este. Por supuesto que no les conté lo que me dijo Pablo, porque no me hubieran creído, imaginesé… me hubieran tomado por loca… Ni siquiera mi marido me lo cree: él está deshecho, usté no sabe, desde que se llevaron a Pablo...

La mujer agachó la cabeza, retrocedió y se quedó posada bajo el sol como una hojita que acabara de caer de un árbol. Balbuceó una disculpa y dio media vuelta como para marcharse. Pero él la detuvo:

—Espere… ¿por qué nos cuenta esto?

Ella se encogió de hombros.

—Mire ¡yo qué sé!, estoy cansada de contarlo… al principio me daba cosa, pero ahora se lo cuento al que venga. Y me escuchan. Y hasta me lo creen…

Eduardo le pegó una honda chupada a su cigarro, arrojando la colilla al viento, con rabia. Se alejó de la valla y se irguió hacia la ciudad. ¡Cómo no iba a creerle! Estuviera loca o no, o acaso un poco loca, confirmar de esa manera lo que en España se susurraba en voz baja entre quienes corrían su misma suerte, hacía que empezara a sentirse como un preso. Se puso, pues, a escrutar el horizonte para ver si veía algún avión, y con eso, conseguir olvidarse de aquella mujer. Pero no pasaba ninguno, y la buena mujer seguía ahí con sus flores, su rosario y su, todo hay que decirlo, bienintencionado aunque doloroso empeño en mantener abiertas las puertas del infierno en una perfecta mañana de primavera. Y tan perfecta, que su verdad resultaba todavía más inconcebible.

—Deme, deme, que me las quedo yo… —dijo Mercedes, tomando las clavelinas que la otra pensaba tirar. En el gesto de acomodar las flores en el bolso, y con los capullos al aire, Mercedes intentaba, vanamente, disimular su emoción. Él procuró ayudarla, pero entre los dos no hacían más que entorpecerse. La mujer le agarró la mano con firmeza:

—Qué manos grandes tiene usté…

Eduardo no le hizo ningún caso. Su único objetivo era evitar que Mercedes no se deshiciera como la había visto hacerlo alguna vez. Luego se repondría, de eso estaba seguro, pero mientras tanto había que estar ahí, firme, dejar que se rompiera y aguantar hasta que algo, un resorte íntimo que él nunca conseguiría comprender, la hiciera reflotar como una boya.

—Trabaja en la construcción, ¿no?

Esa mujer era persistente. Él le echó un vistazo a través del humo del cigarro que se le consumía entre los labios, lidiando con el bolso, con las flores, y con la propia Mercedes.

—No, soy metalúrgico. Bueno, era. Y escultor también. —De mal humor, concluyó—: Sin inspiración.

A la mujer se le iluminaron los ojos.

—Entonces usté se dará cuenta mejor que yo, que soy una ignorante, de que este es el lugar ideal…

Extrañada, Mercedes le preguntó a qué se refería. La mujer cuchicheó algo sobre un tajo sobre una colina, unas figuras y unos nombres.

—Porque mi Pablo tendría sus defectos, sabe... pero él no era mentiroso. Y si no mentía estando vivo, de muerto menos, digo yo... y aunque le suene a chiste, mire: algún día, acá va a haber una especie de monumento y una figura con su nombre... Va a haber muchas, sí... y habrá gente de todo el mundo que vendrá para verlas...

Mercedes la seguía desconcertada.

—¿Eso también se lo dijo Pablo?

—¿Y quién va a ser? —exclamó la mujer, con un vivaz gesto de impaciencia.

Eduardo envolvió rápidamente el paquete de comida y se mantuvo a distancia. Sólo quería marcharse de allí, comer hasta saciarse, preguntar a los pescadores si esa mañana había pique... Cosas como buscar un escondite y pasar de los muertos. Una resolución sensata.

—Vamos, Mecha...

Ellas lo increparon en silencio, y, como solía sucederle demasiado a menudo con las mujeres, se sintió vulnerable, enfadado y al descubierto. La madre de Pablo, sobre todo, lo sobrecogía. A Mercedes no. Pocas cosas podían sobrecoger a Mercedes, que se inclinó para abrazarla y le puso, además, un brote de clavelina en el bolsillo de la blusa.

El tren se detuvo ante un andén hasta arriba de gente que volvía del trabajo. Mercedes leyó en un cartel el nombre de la estación: Berazategui. Eduardo se apartó de la ventanilla, y abrió la boca como para decir algo, pero se contuvo.

Parecía preocupado.

—¿Qué te pasa? —le preguntó Mercedes.

—Nada.

Pero mentía. Pensaba en la mujer que habían visto en el río. No podía quitársela de la cabeza. Se llamaba Elisa Orgambide.

Mercedes lo adivinó:

—Pensás en ella, ¿no?

Fue como si a Eduardo le arrancaran de una ensoñación:

—¿Eh? ¡Ah! Sí... estaba pensando en el monumento del que nos habló.

—No te habrás creído eso...

Eduardo sonrió con la cabeza gacha:

—¿Y por qué no? ¿Pensás que está loca? Yo no. Reconocé que llevamos años oyendo comentarios... a vos te lo contó la monja esa... ¿cómo se llamaba?

—Beatriz.

—Esa. Y yo en España. Ahora el Gobierno tendrá que averiguar cuánto hay de verdad y cuánto de leyenda funesta en la información que le trae Pablito a la vieja, que podrá estar un poco loca, pero enciende sospechas.

—De ahí a imaginar un monumento que no existe... —objetó escépticamente Mercedes.

—De ahí a imaginar un monumento que aún no existe, pero que podría estar ya mismo en la mente de algún alcalde, siempre y cuando llegado el caso que no haya una corte que lo revoque, podríamos tener el monumento más grande de América Latina junto al río de la Plata, ¿qué te parece? —concluyó Eduardo, mirándola.

Ella se echó a reír.

—Me parece que te encantaría tomar parte en el asunto —le dijo.

—¡Obvio!

Y volvieron a refugiarse en sus respectivos silencios. Él, con la cabeza recostada contra la ventanilla engrasada; y ella comiendo caramelos en forma compulsiva. No les duró mucho, de todas formas.

—Vas a buscar a Valentina, ¿no? —Eduardo le robó un caramelo, espiando dentro de la bolsa para ver si tenía suficientes.

Ella dejó de masticar.

—Sí.

—¿Al instituto?

—Y sí... ¿a dónde voy a ir?

Mercedes metió el paquete en el bolso y se quedó viendo el campo. Los pueblos se sucedían unos tras otros, abriéndose de piernas a las vías, y el campo era el de siempre, con excepción de una apretada alameda que se elevaba desde el horizonte como una llamativa salpicadura vital sobre una piel reseca.

Se despidieron en plaza Constitución. Él la tomó por la nuca y la abrazó con una cierta desidia, como si temiera dejarse llevar. Le puso un papel en la mano, torpemente: «Te dejo el número de mi hermana Edith, que todavía vive en Almagro, digo... por cualquier cosa». Mercedes no se movió. Le echó un vistazo al papel preguntándose si Eduardo habría apuntado bien los números. Él tenía muy mala memoria con los números.

Se miraron. Con una sonrisita miserable, Eduardo susurró:

—Ya te lo dije... Buenos Aires es el único lugar del mundo donde podríamos perdernos de vista para siempre.

Ella se la devolvió con creces:

—Vamos, Eduardo... ¿por qué no somos un poco más sinceros y admitimos que no volveremos a vernos porque ninguno de los dos va a buscarse?

Él pasó por alto sus palabras:

—Te dejo el encargo de sembrar los guijarros, negra... Yo, si puedo, los recojo.

Le volvió la espalda y se perdió entre la gente.

Mercedes jamás supo cuánto tiempo se quedó ahí, de pie y abrazada a su bolso de viaje, sin poder moverse. No hará falta aclarar que su primer contacto con la ciudad fue como un impacto.

—Vos tenés cara de venir de afuera. —Mientras enfilaba por la calle Lima en dirección a la avenida de Mayo, el taxista la espiaba a través del espejuelo—. ¿De España? Cuántos que se vuelven de España hoy día...

El cielo estaba muy cubierto, y había comenzado a llover. La gente subía a los taxis, y los que esperaban en los carriles se lanzaban a la calle eludiendo el tráfico.

Con un hábil culebreo, el taxista se deslizó entre dos coches y avanzó sobre la esquina de avenida de Mayo y Suipacha rehusando el semáforo en rojo. Ya en la otra orilla Mercedes descubrió que tenía las manos crispadas a los bordes del asiento, que había soltado el bolso y estaba considerando la posibilidad de tirarse por la ventanilla. De no llover tanto, tal vez lo hubiera hecho.

¡Buenos Aires! Había olvidado cómo evadir la dentellada de fiebre de su perpetua enfermedad urbana. Años atrás se hubiera quedado tan fresca como ese hombre que guiaba con un cigarro entre los dedos, llevándolo a la boca con parsimonia, para chuparlo y arrojar el humo a la lluvia:

—Me vas a perdonar, lo que pasa es que hoy es el cumpleaños del pibe y estoy muy retrasado...

El limpiaparabrisas iba y venía sobre el cristal, lamiendo con obstinado compás los paños de lluvia que, a cada instante, le robaban a Mercedes la creciente silueta instalada en el fondo, la no tan lejana silueta de la Casa Rosada. En Plaza de Mayo alcanzó a distinguir el filete grisáceo de la bandera, izada en la punta del mástil. A la distancia en la que estaban esa brecha diminuta parecía un corazón bombeando a intervalos irregulares, puro efecto del viento.

El taxista le pidió permiso para detenerse delante de un kiosko, «así le compro algo al pibe». Sin esperar su aprobación, la dejó sola dentro del coche, con el reloj del taxi en marcha. Regresó en menos de tres minutos con un juguetito:

—¿Sabés que no sé bien qué es este chirimbolo? Acá dice que tira dardos de goma... En fin, yo creo que le va a gustar. —Le mostró un trasto envuelto en una bolsita de hule. Una figura de plástico sosteniendo un fusil que acababa en una ridícula sopapita de goma. Mercedes recibió tanto el comentario como el trasto con una involuntaria contracción de su garganta—. Yo creo que le va a gustar, es un juguete bien de varones.

Muy satisfecho con su brillante reflexión, encendió el motor, y los jardines de la Plaza de Mayo, el filete y la ancha silueta de la Casa Rosada desaparecieron ante los ojos de Mercedes.

—¡Qué semana de perros! Dicen que habrá inundaciones... ¡cuándo no!

El taxi se detuvo y el hombre consultó el reloj. Discutieron el precio, negociaron. Ya era el colmo. A ella le bastó un vistazo para cerrar la discusión expeditiva y pacíficamente con un billete de dólar.

En la calle estaban sonando las campanas del Instituto del Sagrado Corazón. Había en ese repicar cierta pereza y cierta queja.

—La hermana Beatriz ya no está. Fue trasladada a otra escuela.

—¿Y la superiora, sor Iris María?

La portera recibió con viveza la pregunta de Mercedes.

—Ah, ella todavía sigue en la escuela. —La observó un momento y sugirió sin emoción—: Si quiere puedo anunciarla.

—Por favor.

—Bien. Dígame.

—Soy la madre de Valentina Vásquez.

La portera le volvió la espalda y entró en un gabinete acristalado que estaba en un ángulo del enorme *hall*. Mercedes no recordaba haber visto nunca ese gabinete, así que se aproximó. La mujer estaba hablando por teléfono, probablemente con la superiora. De pronto comenzó a mirarla cada vez más intensamente. Después parecía que no se animaba a salir.

—Sor Iris quedará libre en diez minutos —explicó con la mirada baja.

—Está bien. Entonces la espero en dirección.

—No, no —se apresuró a responder la portera, casi alarmada—. Ella vendrá. Usted no se preocupe, mejor la espera acá.

¿Qué era lo que tanto inquietaba a esa mujer? Mercedes procuró mantener la calma encendiendo un cigarro, pero el cigarro se acabó enseguida y la monja seguía sin aparecer. Se incorporó y comenzó a dar vueltas por el *hall* con un nuevo cigarrillo prendido.

El *hall* era un receptáculo de cemento muy cerrado, muy blanco y muy alto. En los muros laterales tenía dos grandes puertas de tres hojas, unas magníficas bocas de roble exquisitamente labradas por la mano laboriosa de algún genial ebanista, de seguro que muy proclive a los asuntos religiosos. El muro principal sostenía una desmesurada cruz de madera, lisa, sin ornamentos: una malograda voluntad de tributo desapasionado para un Dios extraño. A ambos lados de la cruz, salutaciones, menciones, cuadros de honor, pergaminos, fotografías, etcétera. Un sector de la pared estaba especialmente destinado a las promociones: desde 1920, año de fundación, hasta el presente. Todos ellos enmarcados en color ciruela, el mismo color de los uniformes que llevaban las internas. Mercedes se lanzó por la senda de cientos de rostros. Buscaba uno en especial: el de su hija.

Fue cuando se abrió la puerta. Sor Iris María estaba ahí, mirándola. La miraba como espantada.

Mercedes la vio flaquear, recargándose en un bastón. Quiso ayudarla a tomar asiento en un banco, pero la monja se resistió con un gesto malhumorado, así que se introdujeron en la galería mayor del instituto, donde junto a la puerta del salón de música, que era el primero de una larga hilera de aulas, había un amplio sofá de gobelino. Seguro que no estaba destinado a la superiora, pero ella se dejó caer resollando.

Miró a Mercedes. Aún bufaba. La sombra de una estrella negra deambulaba por sus ojos, ahumándole el semblante, y había envejecido más de lo esperable, estaba medio paralítica y también medio muerta de miedo.

—Usted no puede ser Mercedes Vásquez —articuló, con la mano convulsa contra la boca apretada, estrecha como una grieta. Hundiendo su cabeza en la sombra, porfió—: No, usted no puede ser Mercedes Vásquez, es imposible que sea ella...

La monja le explicó que hacía unos años alguien había llamado para anunciarle que Mercedes Vásquez estaba muerta.

—Pero usted no era la única. Sucedió con otros dos padres: desaparecieron, y no se ha sabido nada más sobre ellos. Pero si usted está acá…

—Claro que sí, yo soy Mercedes, usted me conoce… porque me conoce, ¿no?

La monja la espió a hurtadillas, balbuceando algo por lo bajo. Rezando, quizá.

—Me reconoció en el *hall*, admítalo: sabe quién soy —insistió Mercedes.

Sí —titubeó la superiora con una sonrisita algo cobarde—; quizá le deba una disculpa. Pero usted entienda: Mercedes Vásquez era un alma perdida, tenía unos ojos sucios, un cuerpo más grande… Si se trata de la misma persona, bendito sea Dios, porque usted...

Mercedes Vásquez, la misma Mercedes que conocí hace años, ha cambiado mucho.

Claro que había cambiado.

—Es lo que les pasa a los que vuelven de la muerte, madre. Una bala puede entrar por la espalda, rozar el pulmón, y salir por la garganta dejando un pequeño cráter, que duele cuando hay humedad. Con el tiempo una aprende a sobrellevar el dolor físico, pero el otro... —Mercedes sacudió la cabeza enérgicamente, y le endosó a la monja una mirada poderosa—: Dónde está Valentina, hermana. Quiero verla. Dígame dónde está.

La monja la condujo a su despacho, donde la hizo tomar asiento.

—La muchacha... —empezó a decir, arrellanándose en una poltrona de cuero negro, detrás de un suntuoso escritorio de roble, que a Mercedes le hizo el efecto de una pira sacrificial—, ...la muchacha creció rápidamente. —Tomó una de las estatuillas religiosas que estaban sobre el escritorio y se quedó dándole vueltas en la mano, pensativa. Luego, continuó—: Habrían pasado unos seis meses desde que usted dejara de venir por aquí, cuando apareció un señor. Un tal Arocena. Pidió hablar conmigo y, como a usted, lo hice pasar a mi despacho. Me dijo que él y su mujer no tenían hijos, y querían recoger uno. Como los niños dan muchos problemas, preferían una niña.

La monja volvió a poner la estatuilla en su lugar y le echó un vistazo a Mercedes, que estaba hecha un pajarillo al otro lado del escritorio, pero no lo suficiente como para que eso le impidiera intervenir:

—¿Qué querían recoger uno? Pero, ¿qué me está diciendo? ¡Recoger se recoge a los perros! ¿Quiere decir que esa gente se llevó a mi hija?

—Bueno, de los trámites legales no se habló en ese momento... —se defendió la monja, visiblemente incómoda—. Quizá la hayan adoptado, eso no lo sé. Él, sobre todo el señor, insistía en que usted estaba muerta... ¿qué quería que hiciéramos?

—¡Cuidar de ella! ¡Protegerla! —chilló Mercedes, alzándose con sus dos manos sobre el escritorio.

La monja se incorporó como pudo y pretendió alcanzar la puerta, tal vez para llamar a alguien, pero Mercedes era más rápida y consiguió cerrarle el paso. Sus ojos tenían la fría expresión de la cólera cuando ya se ha crecido ante el dolor:

—Dígame dónde está Valentina.

La monja se atemorizó:

—Tendría que haberlo imaginado...

Mercedes notó que iba a desplomarse, así que la ayudó a llegar a su poltrona. Procuró tranquilizarse, tomando asiento ella también. El único fin de su presencia en ese despacho era conseguir el paradero de su hija. O al menos, que la monja le diera alguna pista. No pensaba marcharse de ahí con las manos vacías. Era preciso que fuera persuasiva. Era importante que no perdiera los papeles. En España había aprendido a esperar. En el despacho aquel, podía esperar un poco más.

La monja suspiró.

—¿Quiere un poco de té frío? —Levantó una tetera de porcelana con un gesto conciliatorio, y Mercedes aceptó. La monja sirvió dos tazas. Tras beber un sorbo, continuó—: Valentina egresó el año pasado con sus compañeras de promoción. Los Arocena nunca la sacaron del colegio; preferían que terminara sus estudios aquí. Es una chica muy despierta. Un poco alocada, eso sí…

—Como su padre. Dígame dónde está —insistió Mercedes con firmeza.

La monja jugueteaba nerviosamente con un elegante bolígrafo de oro, y parecía que no se decidía a manifestar lo que estaba pensando.

—Tenía mucho talento para el dibujo; sin embargo, daba la impresión de no querer destacar en nada... —resistió con obstinación.

—Usted sabe que yo podría denunciarla por esto, ¿verdad? —dijo Mercedes fríamente.

A la monja se le descompuso el semblante:

—Por favor, Mercedes, eso no va a ser necesario...

—Con tantos rodeos, hermana, no me deja otra salida que recurrir a la justicia.

Pero la monja se mostró irónica:

—¿Y usted cree que va a soportar los interrogatorios y las explicaciones ante una justicia todavía demasiado débil y agobiada por causas demasiado terribles?

Mercedes no se amedrentó.

—Hermana, esta *es* una causa terrible.

La monja apoyó los codos en el escritorio. La examinó sin escrúpulo detrás de unas manos cruzadas que ocultaban vagamente sus intenciones, hasta que se decidió a hablar:

—Parece que Valentina no se llevaba bien con los Arocena. Así que estuvo un tiempo viviendo en casa de su amiga Josefina Álvarez Sagasta, una chica de aquí. —Alzó el bastón a la altura de su cabeza y le apuntó a Mercedes por encima del hombro, detrás de su espalda. Ella se volteó y vio una pared cubierta de retratos, algo que no había notado al llegar. La monja sostenía su bastón con sorprendente firmeza—: ¿Ve la última de la hilera? Es la promoción del '82. Tráigala. Mercedes se lo alcanzó a la superiora, que tomó el retrato débilmente y se lo quedó viendo con cierto cariño. Señaló dos cabecitas, una junto a la otra.

—Esta es Josefina, y esta es Valentina.

Dos cabecitas, morenas las dos. Morenas y delgaduchas, las dos. Era la primera vez que Mercedes veía a Josefina, pero no se le ocurrió decirle a la monja que sabía bien de quien se trataba. Jamás lo hubiera hecho. También era la primera vez que veía a Valentina vestida de colegio después de tantos años, y fue tal su emoción que estuvo a punto de echarse a llorar. En las fotos que le llegaban a España siempre iba vestida de calle.

La monja había empezado a incomodarse y le quitó el retrato.

—Como le digo… —continuó, procurando mantener esa compostura que llevaba tan bien planchada como el hábito—. …Como le decía, los padres de Josefina estimaban a su hija, así que la aceptaron un tiempo en su casa. No sé cuánto tiempo, eso no me lo pregunte porque no lo sé. Lo que sí sé es que además tenían una quinta en Don Torcuato, y que pasaban ahí los fines de semana. En ocasiones, solas, las niñas… —Sacudió la cabeza sombríamente—; y aunque no sea momento de cuestionar los fallos de la educación liberal, ya se sabe que incluso la gente alejada de Dios hace que sus hijos se eduquen en escuelas religiosas. Era el caso de los Álvarez Sagasta. El padre, un español, es corresponsal de prensa, uno de esos que llaman... progresistas —subrayó la palabra con desprecio—. Y Marcia, la madre...

—Le agradecería que fuera al grano, hermana —intervino Mercedes.

La monja le ofreció más té. Ella iba a rechazarlo, pero tuvo la corazonada de que era mejor aceptar la invitación, con lo cual consiguió que la religiosa le diera más detalles:

—La madre es de acá, creo, y trabaja en el Hospital Garrahan. Que yo sepa, los Arocena nunca aparecían por la quinta de Don Torcuato, y esto lo sé porque, cuando estaba en la escuela, sor Beatriz me lo contaba todo y ella era la principal confidente de Valentina. Fue ahí, justamente, en esa quinta, donde Valentina conoció a ese hombre.

—¿Un hombre? ¿Qué hombre?

La monja manoseaba su bolígrafo eludiendo mirar a Mercedes.

—... un muchacho judío.

Mercedes adelantó el busto hacia el escritorio y apoyó los codos en él, quedando frente a frente con la monja. Ya tenía algo.

—¿Y para usted cuál es el problema, madre? ¿Qué sea hombre o que sea judío?

Mercedes notó que la monja se replegaba nuevamente a la sombra de su estrella negra. Como un búho que espera entre tinieblas, allí estaba a salvo, y no respondería a esa pregunta.

—Y dígame, ¿por qué Valentina ya no vive con los Arocena?

—No es que viviera con ellos, sólo pasaba algunas temporadas allí...

La monja abrió el cajón del escritorio y extrajo unos papeles.

—Cabe la posibilidad de que alguien más sepa dónde puede estar ahora —dijo.

Su mano escribía con prisa sobre un papel.

—Aquí tiene. Es el número de la hermana Beatriz. Se acuerda de ella, ¿no? —le dijo, tendiéndole el papel a Mercedes, con una mueca insípida.

—¡Claro! Era su maestra... ¿por qué no está más en la escuela?

Mercedes advirtió que la superiora se resistía a responderle, agitando el papelito con un ademán de rabia, y pareció que esa pequeña demostración de humanidad le costaba una caída. Así que tomó lo que le ofrecían cargando con una vergüenza ajena.

—Y ahora, discúlpeme, pero tengo que descansar. Todo esto me ha puesto la presión por las nubes.

—Por lo menos, dígame dónde sospecha que podría estar Valentina.

La hermana Beatriz se lo dirá.

—No. Yo sé que usted sabe algo, así que dígamelo usted... ¿está mi hija en Buenos Aires?

Sor Iris María le echó un rápido vistazo hostil.

—Puede que no.

Un hombre al que nunca había visto antes la espiaba con suspicacia a través de una puerta apenas entornada.

—¿A quién busca? ¿Qué quiere acá?

—No busco a nadie, sólo trato de abrir la puerta de mi casa.

Hubo un gesto de incredulidad. Ese piso estaba cerrado desde hacía años. Cuando él ingresó a la portería ya estaba cerrado.

—Soy la dueña, yo vivía aquí —le dijo Mercedes sin pestañear.

—¿Usté...?

El hombre se fue a buscar a su mujer. Ella sí que conocía a Mercedes. Se trataba de la esposa del antiguo portero. Cuando vio a Mercedes, su cara se contrajo y tuvo un ataque de asma:

—Roberto falleció el año pasado, de cirrosis... ¿pero podrá ser posible que sea usté, Mechita?

A Mercedes le divertía un poco el rollo de la portera con su nuevo compañero, un hombre pequeñito, de aspecto cianótico. Le preguntó por el estado del piso, y ella respondió que de vez en cuando alguien venía a abrirlo. ¿Sabía quién era? No, nunca le había preguntado, no había sido necesario porque la chica tenía llave.

—Entonces, alguien habrá forzado la puerta... —objetó Mercedes.

Ellos no respondieron. Se quedaron en el pasillo, esperando que ella se decidiera a abrir. Obviamente, habían cambiado la cerradura. Entonces tuvo que intervenir el marido de la portera, que se declaró un experto en lo que en otros tiempos había sido su principal medio de subsistencia: abrir puertas ajenas.

—Pero eso fue antes ¿eh?, que a mí a la vejez viruela no me va a dar por el robo... —se defendió, inclinándose sobre la cerradura.

Lo primero que percibió Mercedes al entrar fue un intenso olor a encierro.

Encendió la luz.

—Mire qué bien, hasta tiene luz y todo... —comentó la mujer, muy ufana.

—Fijesé si falta algo, fijesé... —intervino su flamante marido, dignamente.

Mercedes los hizo retroceder. Cerró la puerta a sus espaldas y fue hacia la ventana. Lentamente empezó a levantar la cortina de enrollar, y se detuvo a tope. La cortina no se desplomó. Contuvo su respiración un momento, pasando una rápida lista a su memoria. Durante su ausencia alguien había reparado la ventana. Nada extraño, había tenido seis años para hacerlo; pero, ¿quién? Le bastó un solo vistazo para comprobar que todo estaba tal como lo había dejado. Hasta el teléfono tenía tono.

Exploró los otros ambientes con el corazón descompuesto por un reflujo de emociones contradictorias. El baño olía un poco a encierro, pero se respiraba en el aire un cierto aroma a lavanda. En la cocina, una pava descansaba sobre la hornaza, y el resto de los utensilios yacían desparramados fuera de su lugar, como si alguien hubiera olvidado guardarlos en la alacena. Reconoció su viejo matecito de lata salpicada de negras cachaduras. Yerba de por lo menos unos diez días se pudría en su interior. Sintió asco, y la arrojó por el bote de basura. No había basura.

—La chica habrá venido la semana pasada.

Mercedes se sobresaltó. La portera había entrado mientras ella estaba en la cocina.

—Perdonemé, pensé que...

Se hizo a un lado para dejarla pasar. Mercedes comenzó a revisar las alacenas en silencio. «Es que ella viene de vez en cuando...». La parte de las alacenas que correspondía a la despensa estaba vacía. «Se queda uno o dos días, a veces más, y se va». La otra parte contenía los trastos conocidos, dos o tres ollas, algunas tazas...

Mercedes se volteó para escrutar a la portera.

—¿Y cómo es la chica?

La mujer se encogió de hombros.

—No sé, es una chiquita pelirroja, de pelo corto, calladita...

El corazón de Mercedes dio un vuelco.

—¿Pelirroja? ¿Qué edad le calcula?

—No sé… pero es jovencita.

La portera la siguió a través del pasillo con ese fervor silencioso que anima a la chusma. Mercedes se detuvo en mitad del cuarto, el único que había en el piso, con la mujer pegada a sus talones.

—Mechita... usted sabe quién es, ¿no?

Mercedes la miró un instante pero no respondió.

Pasó la noche ahí mismo, tumbada en su cama, imaginándose a la misteriosa muchacha de pelo rojo que dejaba sus huellas de mate sobre la mesa. Conocía bien esas huellas, sólo que las suyas eran de tequila. En otro tiempo, ella y la Colo —su amiga de atorrantismo— desollaban las dos mitades de un limón y solían chocar dos copas de la bebida mejicana, dejando su impronta de fuego blanco en la mesa de la cocina, mientras el alba crecía y ellas dos ya empezaban a dormirse. Pero esas huellas eran muy recientes. Todo parecía tan personal, y a la vez tan dolorosamente habitado... La descripción de la portera no coincidía con ninguna de sus colegas, excepto con la Colo, que era pelirroja. Joven, ya no. Mercedes contuvo el aliento: ¡Valentina!

Resbaló entre las sábanas, consultando antes su reloj: eran las once de la noche. Hora de ser valiente. Desde la cama revolvió dentro del bolso y sacó el papel que le había dado la superiora. Levantó el teléfono.

—¿Mercedes Vásquez? ¡Bendito sea Dios!

La voz de Beatriz se oía muy clara, entrecortada por el borbotear de la lluvia sobre un techo, calentando la sangre de Mercedes con una mitigante sensación de cercanía.

—¡Bendito sea Dios, Mercedes! ¿Mercedes Vásquez?

—Sí, ella misma.

Tuvo que explicarle todo muy de prisa.

—¿Que si sé dónde está Valentina? ¡Claro que lo sé! ¿Tiene a mano papel y lápiz? ¡Alabado sea Dios! ¡Mercedes Vásquez!

La pobre mujer estaba conmocionada.

—Sí, aquí tengo… pero, cuénteme, ¿Cómo está? ¿Dónde está?

—Bueno, la verdad es que últimamente nos vemos poco… pero ella está bien, no se preocupe... ¡Es más bicha! Cuando nos dijeron que usted había muerto, ella no se lo creyó. La primera carta que usted le mandó a la escuela desde España, le llegó a Valentina de mi mano y la sor nunca llegó a saberlo… su hija no quería que lo supiera. Luego se la llevó esa familia, pero ella nunca los quiso… a ver, la muchacha es corajuda: los desafió. Ella siempre ha sido así… —la monja hizo una pausa y agregó con viveza—: Espérese un ratito que le traigo la dirección.

Se notaba que Beatriz ya arrastraba las piernas, así que Mercedes tuvo que esperarla un buen rato. Tiritando de frío. De emoción. De alegría. De miedo. Al otro lado de la línea hubo un alboroto de papeles:

—Mercedes... no voy a preguntarle ahora lo que ha pasado, pero me lo imagino, y no sabe cuánto pero cuánto me alegro de que esté... —La voz de Beatriz, tan llena de afecto, hizo que Mercedes rompiera a llorar. Hubo un silencio respetuoso, y palabras entrecortadas—: Escuche... ¿Mercedes? Valentina vive en Mar del Plata, con Baru... ella ya le va a contar... Baru es su hermano de historia. Pero sepa que ella soporta la angustia de no saber bien quién es, y por qué es como es... ¿podrá usted entender eso?

Mercedes no se oyó al otro lado del teléfono.

—¡Mercedes! ¿Está usted bien?

—Sí, Beatriz... muchas gracias.

—Pero m'hija, apúntese la dirección...

Y Mercedes apuntó. Funes 4210, un barrio cerca de la costa, y de la única escuela de bellas artes que había en Mar del Plata. Se quedó con la descripción de un piso bajo al fondo de una casa amarilla, le dio las gracias a Beatriz, y colgó.

El bolígrafo rodó por los suelos.

Mercedes empezó a marchar en dirección al mar. Un hombre le indicó el camino a seguir. Por la avenida hasta San Juan, doblar a la izquierda hasta Funes, y volver tres calles. Era fácil, y cerca. Pero ella tenía las piernas entumecidas por un viaje de cinco horas en el tren de la Cereza, y la mente confundida, así que esperó tener suerte.

Ese era un barrio antiguo, y hasta tenían cambalaches. Una especie de San Telmo en miniatura, pero sin alma. Funes 4210. Olor a tilos. Casas bajas con frente de piedra, casas estrechas, enhiestas, grises, almacenes ferrosos. Casas blancas, y, a pesar de los años, higiénicas. Una galería reformada con su Santa Rita trepando hacia una terraza.

Funes 4210. Una puerta, cerrada, por supuesto. Sólo una puerta entre dos casas. Buscó un timbre. Tocó y tocó. Nadie salió. Recordó que Beatriz le había hecho una descripción de la vivienda: se trataba de un piso bajo, al fondo de una casa amarilla que daba a la calle. Escrutó el lugar. Una puerta implantada en una tapia descascarada, y un timbre que no sonaba.

Esperó, pero nada. Entonces empujó la puerta, que estaba abierta. Lo que imaginaba: un largo pasillo muy estrecho. A la izquierda, un muro; a la derecha, apartamentos. Parecía bastante desolado. No había interrupciones en esa senda sombría, ni siquiera la posibilidad de un atajo, un quiebre de sol, alguna planta. Mercedes comenzó a caminar. Sus pasos rebotaban en el muro como un eco viviente, sobrecogedor, como un rumor de agua amarilla descendiendo en un pozo.

El fondo, sin embargo, se iluminaba.

Se encontró con un patio de baldosas rojas, congestionado de geranios muy bien cuidados, creciendo en tiestos de barro, en latas, y en botellas de plástico cortadas a la mitad. Ese patio era la única dependencia exterior de una casita de estilo colonial, en forma de ele, mal reformada pero hermosa. La vivienda tenía un gran ventanal sin celosías, sin cortinas, y una puerta en arco de medio punto con mirilla de hierro y un número de madera tallada al frente: Funes 4210 - fondo.

Mercedes echó un vistazo a su alrededor. Pensó en esa silenciosa sociedad vegetal prosperando en el rincón secreto de un insalubre patio de viviendas, con un blanco resplandor de sol en la diminuta latitud de un patio escondido, y por primera vez en mucho tiempo, y sin saber por qué, se sintió feliz.

—Si buscás a los chicos no los vas a encontrar. A esta hora ya deben estar en la costa…

Niña asomada a la puerta de su apartamento. Ojos muy negros y horadantes. No más de doce años.

—¿Sabés quién vive aquí? —le preguntó Mercedes.

La otra hizo un gesto como diciendo que naturalmente, los conocía de toda la vida.

—¡Más vale!, a Valentina la conozco de acá, es amiga de mi hermana; y a Baru lo conozco por Valen.

Mercedes se acercó a la niña y la contempló un momento. Tenía la boca seca, pero de todas maneras formuló la pregunta:

—¿Valen? ¿Valentina decís?

—Sí, sí, Valen. Es amiga mía.

Mercedes le volvió la espalda y caminó unos pasos dentro del patio.

—Es que ahora no vas a encontrarla —la oyó decir—. Seguro que ya están en la costa. Ellos trabajan ahí.

Sobre la cornisa del ventanal había una piedra ovoide, muy pulida, con una palabra tallada. Era una de esas piedras que se usan para adornar los jardines de algunas casas, con los nombres de sus dueños. La piedra exhibía una sola palabra: Yadwiga.

Mercedes se la repitió varias veces sin ninguna razón en particular. Yadwiga. Le gustaba.

La niña se le acercó:

—¿Vos también sos amiga de Valen?

—No, soy la madre.

—¡Ah...!

Habiendo levantado un muro entre sus sentimientos y el recelo de esa niña, Mercedes pidió que le indicara dónde podía encontrar a su hija. El rostro de la chica se llenó de hoyuelos:

—Ellos se ponen en los Lobos. Si querés te acompaño, no tengo nada que hacer yo... —Al hablar se soplaba a cada instante el largo mechón de pelo castaño que le cruzaba la cara, como una estela un poco luminosa y un poco sucia. Era flacucha, y se comía las uñas. Se parecía a Valentina de pequeña, pero más mestiza.

Mercedes le acarició la mejilla:

—Gorriona, dejá que voy sola. ¿Dijiste que estaban en los Lobos?

—Sí, sí, en los Lobos a las cuatro.

—¿Y qué lleva puesto Valen? ¿Me podrías decir?

La niña la miró extrañada.

—¡Y qué va a llevar! Usted vaya y listo... son inconfundibles. —Se tapó la boca para disimular una risita llena de hoyuelos.

Luego se quedó muy seria, con las manos a la espalda. Qué madre más rara tenía esa Valen. Preguntaba qué llevaba puesto su hija como si no la hubiera visto nunca.

Antes de marcharse, Mercedes se había tomado un tiempo para ver a través del ventanal. Descubrió un salón bastante angosto, y en él una biblioteca abarrotada de libros y grandes rollos de papel, con una reproducción de *La gitana dormida* del aduanero Rousseau, que se decía, el pintor había bautizado con el nombre de *Yadwiga,* el mismo nombre de la piedra. Al costado, un piano de gabinete cubierto con un enorme tapiz, y enfrente, un sofá de cuerina marrón, destripado, enclenque, tapado de almohadones. Al centro, bien cerca de la ventana, una mesita baja, y encima, un tablero de ajedrez con la mitad de las piezas volteadas.

Eran cosas que Mercedes no reconoció. Evidencia de un presente impremeditado, de los días y las noches vividos sin pereza, de los madrugones con café y aspirinas junto a una mesita raquítica, las manos yendo y viniendo sobre una tela demasiado grande para un espacio tan exiguo, y demasiado pequeña para una idea tan fabulosa. Evidencia, además, de una ausencia casi permanente, y también de un retorno impreciso, aunque seguro, a ese refugio donde la gitana de papel dormía vigilada por la mirada atenta de un león manso.

Mercedes había querido que esa muchacha se educara en la mejor escuela de Buenos Aires. Había querido eso, no importaba el precio que tuviera que pagar. Valentina no iba a correr la misma suerte que ella. Valentina nunca iba a vivir en un cuchitril. Valentina nunca iba a estar sola.

¿Lo había conseguido? Pues no.

Sin embargo, ya se sabe que el destino va por su cuenta y los niños también. Porque con su pequeño patio andaluz y su gran ventana sin celosías, Yadwiga conseguía remontar el drama de la separación y el exilio y se alzaba sobre ellos con la fuerza de la piedad, desmoronándoles, como se desmoronan las piezas en un tablero de ajedrez antes de la próxima jugada. Porque con su piedra ovoide y sus diecisiete años yaciendo sobre un tresillo color ciruela, por instinto, y a ciegas, era posible que Yadwiga hubiera aprendido a andar sobre las ruinas de un castillo inconcluso.

¿Lo había conseguido? Pues sí.

Valentina tenía la costumbre de ponerle nombre a las cosas. Su padre también. Sólo que, para él, Yadwiga ya no soñaba. Había despertado hacía mucho tiempo entre las fauces del león. Eduardo se hubiera reído de la metáfora, diciendo que con un cuerpo como el suyo, tan enjuto, un león podría morirse de hambre: «¡Si estoy en los huesos, que diría el Gayego Querandí!». Un poco en los huesos, y un poco nihilista, Eduardo prefería restregarse en una herida, que si seguía estando ahí, era porque la Argentina también seguía estando ahí. Y luego, pues nada, lo de siempre: la hiedra trepando por la pared del fondo. Los geranios. Los bocetos de arcilla, en el patio, aguardando el momento de ser entrados. El olor de la arcilla salpicada de rocío, ese clásico olor vegetal de la tierra macerada y descompuesta. Sí, él también tenía la costumbre de ponerle un nombre a las cosas. Pero si de algo estaba seguro, era que nunca aprendería a andar sobre las ruinas de un castillo inconcluso.

¿Lo había conseguido? Pues no, inexorablemente.

Eduardo detestaba Mar del Plata, la monotonía de los cielos marítimos, la arena filtrándose por las uñas, y los mariscos. A Mercedes, en cambio, le gustaba el mar. No era un animal de ciudad, y Buenos Aires la agobiaba. Pero Eduardo era de allí. Eduardo era parte de Buenos Aires, y llevaba a cuestas su manera de ser. Mercedes, en cambio, prefería ciertos ritmos más parecidos al silencio. Y luego estaba la sensación de que algo iba a suceder, algo así como un presagio. Como el supuesto asesinato de Marcos Garat. Como su exilio. Como los atardeceres que había presentido sobre las rías, hacía años. O aquellas sofocantes noches de febrero en la Rambla de Mar del Plata, mientras sus clientes la oían delirar acerca de lo que vendría, para después de todo surgir en las rías de esa costa mordida por el tiempo, no igual a esa, lisa y fría, no igual a esa que había andado siempre de noche, porque de día dormía, una costa de cara a la ciudad, oscura e insípida, con su gran casino amarillo a metros del mar, una feria donde todo era mercancía. Como la Colo, por ejemplo, que se colgaba de algún vejete sediento y obsesionado en su negro al 22. O como ella, con su mano en la mano de un amigo del vejete, camisa de seda, él, con su calva muy limpia, y hasta perfumada, anillo de oro con un rubí inflamando un velludo anular tembloroso, y naturalmente, mucha billetera.

Esa era la Mar del Plata que ella conocía. La nocturna, la felina Mar del Plata de los quiebres, la de los umbrales sospechosos, la de los cristales ahumados, y no esta, la diurna, la del sosiego de una tarde de noviembre en la Rambla, con el sol en el pelo, un sol liviano, delicioso, trazando las siluetas de los dos lobos sobre el granito.

¿Lo había conseguido? Estaba a punto.

Mercedes empezó a sudar. Y se sintió estúpida. La muchacha le había dicho que ellos se reunían en los Lobos, y a ella no se le había ocurrido preguntarle dónde puntualmente. La Rambla era tan grande que podían estar en cualquier parte. ¿Tendría que buscarlos en la playa, quizá?

Se cansó de observar caras de vagos y soñadores; de buhoneros y floristas; de muchachas parapetadas en el hueco de una axila; miradas desaprensivas, bultos humanos tumbados boca arriba, peregrinos por hábito, sonidos, rumores y silencios. Algunos se detenían ante un corro de gente y observaban el espectáculo de los mimos. Consultó su reloj: eran las cuatro y media de la tarde. Además de sentirse estúpida, abrigaba una rabia sorda hacia la mocosa del apartamento. La había engañado. Ellos no estaban ahí.

También era posible que ni siquiera pudiera reconocerla... ¿o acaso nunca se había preguntado cuánto demora uno en borrar la cara de un hijo? Seis años no es broma. En España vivía agobiada por la idea de haber olvidado cómo era, exactamente, la cara de su hija, de la cual apenas conservaba algún recuerdo insuficiente. Quizá no pudiera reconocerla entre la gente que paseaba por la Rambla, ni aún entre aquellos que parecían haber estado ahí desde siempre.

Pero no. Ella quería creer que uno no puede borrar de la memoria la cara de un hijo. Entonces caminó entre ellos examinando sus rostros, sus ojos; los ojos de las muchachas que observaban a los mimos, y alguien le dijo algo a Mercedes, alguien depositó una gran gorra de hule en el suelo, al centro del espectáculo. La gorra se llenó con monedas.

Ella tiró una.

La muchacha de la izquierda, que no era su hija, se salió del corro y fue hacia la gorra, dejó un par de monedas y regresó. El mimo la había interceptado. La siguió como a una sombra y luego, inesperadamente, la olvidó. La gente reía, pero Mercedes no entendía por qué.

Uno de los mimos, el más pequeño, comenzó a seguirla. La gente reía. El mimo era una máscara en blanco y negro con la nuca disfrazada en una media oscura. Tenía un cuerpo flexible, y se arqueó para observarla. Se quedó largo rato así, mirándola, con las piernas flexionadas y las dos manos sobre ellas. La miraba con una especie de embeleso, oscilando. La gente se reía y Mercedes seguía sin entender por qué. Más lejos, el otro mimo había pillado a un niño y le arrojaba una pelota imaginaria. El niño se la devolvía. El mimo capturó la pelota, repitiendo el juego. Estuvieron así algún tiempo hasta que la pelota pasó por encima de diez cabezas, y se perdió en el cielo. Entonces el mimo se abrió paso entre la gente haciendo cabriolas, corrió en dirección a la pelota... y se detuvo. Con los brazos en jarras y de espaldas a la gente, se quedó viendo el cielo, improvisando alas con las manos, y tan bien, que la gente aplaudió.

Más monedas.

Su mimo, el pequeño, continuaba inmóvil, mirándola. Mercedes quiso evadirse, pero él lo evitó. Tenía unos ojos muy brillantes, una mirada casi iridiscente, y si no fuera por la certeza de que no se conocían, ella hubiera creído que había lágrimas allí.

La pelota imaginaria ya había sido recuperada mientras Mercedes lograba escurrirse entre la gente. El mimo, sin embargo, la siguió. Era una sombra en su espalda, ligera, sigilosa. Ella apuró el paso espiando su sombra en los terrazos. Y la del pibe. Le tenía justo enfrente y había ideado una manera para detenerle. Se quitó la media, se limpió la cara con la manga, se arregló el pelo, y le sonrió. Llevaba el pelo corto y rojo, y un flequillo espeso que Mercedes apartó para verla bien en los ojos.

A ella. A su hija.

EL AGUA

*"Un corazón que, destrozado a mordiscos,
ha ido rodando a través de todos los siglos".*
—Elías Canetti (*Apuntes I*, 1961)

Mar del Plata, 3 de marzo de 2007

Hola, Josefina, cómo va tu vida, gaita querida…

Es bien tarde, petisa, ya van siendo las dos de la matina, y estoy en la casa de Baradero, junto a la ventana, oyendo los grillos. Baru duerme, así que aprovecho ahora para empezar con esta larga carta en la que tendrás más detalles sobre nuestra investigación para dar con el paradero de Marcos Garat.

Te recuerdo que mamá solía repetir que nunca había visto el nombre de Marcos Garat estampado en los titulares de *La Nación*. La hermana Beatriz le había dicho que a él lo detuvieron antes de llegar a Retiro, con lo cual dedujo que el cura encontrado en la autopista era él. De haber tenido el coraje de asomarse a las páginas del diario, hubiera comprobado que el cura en cuestión era otro, pero tuvo miedo, y se pasó buena parte de su vida creyendo que estaba muerto.

Mis pesquisas comenzaron en el Instituto del Sagrado Corazón, donde me enteré de que Sor Iris falleció de indigestión el año pasado, en su propia cama, y sola, un día después de Navidad. Como las monjas que están ahora ni siquiera habían oído hablar de Marcos, y algunas de las viejas religiosas que conocíamos ya fallecieron o han sido trasladadas, no tuve otra opción que ir al arzobispado.

Cuando miro este cielo, así de noche, así de tranquilo y así de alto, me obligo a creer que todo lo que me contó mi vieja nunca pudo ser verdad. Me obligo a creer, aunque sea por un rato, que nunca pasó. Luego me obligo a creer que no volverá a suceder, jamás. Entonces mi corazón, que es andariego, se me hace un lío, se vacía, y muerta de miedo me voy corriendo a la cama como hacía de chiquita, cuando creía haber visto algo raro en la oscuridad. Me abrazo a Baru, que duerme como un tronco, y dejo de temblar sólo cuando he conseguido dormirme.

Mi vieja al final me lo contó todo. Todito, con pelos y detalles. Empezó por contarme sus seis años en tierras gallegas (en realidad no había mucho que contar), y acabó contándome que alguna vez había sido puta. Me lo tomé con tal naturalidad que la pobre casi se cae de espaldas. Siempre le agradeceré que se haya sincerado: eso explicaba el porqué de los desprecios que me hacía la sor en el colegio, y también el mimo con que me trataba la buena de Beatriz. En paz descanse, Beatriz, que murió en Córdoba entre los brazos de un seminarista… dicen que de amor.

Lo que nunca me contó la vieja fue lo que le pasó cuando estuvo en El Nicho, la casa de Once donde la tuvieron chupada. Mejor dicho, no lo supe de su propia boca sino de su propia pluma, y fue al meterme entre sus papeles, un día en que andaba buscando las fotos de Eduardo, que ella guardaba tan celosamente en el armario de la ropa. No pude resistirme, y fiel a mi manía de hurgar como una urraca, descubrí su manuscrito perdido entre unas cartas, porque fotos no pude encontrar.

Sólo dos veces lo tuve en la mano: una vez para hablar de eso, y la otra para fotocopiarlo y enviártelo a vos, que te ofreciste a publicarlo cuando se volvieron a España. En cierta ocasión me dio por comentarlo en la mesa delante de Baru, y él le sugirió (con mucha sutileza) presentarse como testigo en los juicios. Pero la vieja se escabullía preguntando si alguien quería fruta.

Siempre encontraba la manera de rajarse. Discretamente, se levantaba de la mesa y se iba a otra parte. O cambiaba de tema. Era como si lo hubiera enterrado para siempre, junto con los muertos. Salía a tomar el aire, a respirarse una profunda bocanada de oxígeno, y ya dentro de la casa no sabíamos de qué más hablar. Entonces me levantaba yo y salía al patio, dejando que ella me pasara un Benson con la mirada fija en la colilla encendida. Largábamos el humo a la noche sin decir ni una palabra, mirando a la tapia donde crecían los malvones. Hasta que ella misma rompía el silencio y me decía que el sábado iba a levantarse temprano para ir a comprar los geranios que había visto en el kiosko de la Rambla.

Un día hizo su única maleta y dijo que se volvía para Buenos Aires. Quería ventilar su departamento de La Boca. Buscar un trabajo decente, y ni a la Colo la llamó. A los cincuenta ya no estaba para hacerse la loba, y eso que seguía siendo una mujer linda, a los amigos de Baru los dejaba embobados con su pelo negro y esa briosa tristeza que ella tenía, y que le cerraba el paso a cualquier intento de consuelo. Así que una mañana sacó un pasaje en el Roca, agarró los bártulos, y se fue. Al poco tiempo vendió el departamento y se compró un diminuto localcito en Castelar, donde montó una tienda de comida rápida y se fue a vivir atrás: «El bulo me traía recuerdos feos, así que lo cambié por el futuro», fue lo que me dijo.

La ayudó un chino casado que además de llevarle y traerle la mercadería en una furgo sin licencia, se pasaba la tarde en su casa preparando sushi. Era un buen hombre el chino, y mi vieja una mujer práctica. El negocio —re estrafalario, tendrías que verlo— está decorado con abanicos de papel y filetes arrancados de viejos colectivos de los '60, y la vieja lo inauguró en marzo del '84. Los dos primeros años las empanadas correntinas se vendían la docena con una oferta de sushi, aunque pasado el tiempo sacó los abanicos y reemplazó la oferta de sushi por pinchos a la española. Entonces me di cuenta de que había terminado con el chino.

Cuando se redactó aquel informe sobre los desaparecidos ella se negó a declarar. Juraba no acordarse de nada, pero yo sabía que no era verdad. El nombre de Nacho era mencionado varias veces en su manuscrito, y fuera el nombre real o un alias, seguro que hubiera servido para su detención. Yo no podía entender por qué, pudiendo acusarlo a él y a los otros, prefería callarse. Hasta que un día, estando en la cocina, cerró el asunto de forma contundente: «Si miro para atrás vuelvo a oír el chasquido y me quedo sin aire, así que mejor miro para adelante y sigo respirando».

Estaba convencida de que jamás los iban a cazar.

5 de marzo

La vieja estuvo viviendo con nosotros unos meses. La casa era chiquita, pero le hicimos un lugar en el sofá, al lado de Yadwiga, la piedra que tanto le gustaba, y que llevaba ese nombre en homenaje a la reproducción de la pintura que teníamos adentro, de Rousseau. Hubo que engordarla, mimarla, comprender sus paseos por el patio a horas en que todos dormían... y hasta recordarle algunas expresiones, que con el paso del tiempo se le habían olvidado.

Igual se arregló bien. Una vez me la encontré desparramada en la única reposera que teníamos, viendo las estrellas. «Hay que podar los malvones», me dijo, mostrándome un larguísimo brote que se estaba enredando entre los hierros del respaldo. Se quedaba hasta la salida del sol viendo el cielo con una copa en la mano. No hubo manera de sacarle su afición al ron.

La vieja y yo guardamos mutua reserva durante meses. Ni ella quería hablar de sus heridas, ni yo de los Arocena. Pero un día estábamos en la cocina preparando un asado con polenta, y el tema surgió de forma casual. Ella me preguntó de dónde me venía esa costumbre, y a mí se me escapó eso de que en lo de Irene el asado se acompañaba con polenta y se comía en tablas de madera, "a la criolla". Ella se puso muy pálida, me miró y arrastró el plato a través de la mesa, bien lejos: «Contame», exigió.

Empecé por hablarle de Irene, la mujer de Isidoro Arocena.

Irene se divorció de él unos años después de que decidieran llevarme a su casa, en un intento de adopción que nunca se concretó. Vivían en un *chalet* enorme y muy luminoso en Palermo; él criaba perros. Tenía una media docena de rottweilers que comían de mi mano como pajaritos.

El día en que me llevaron, ella preparó una habitación con baño privado y vistas al parque que dejó a mi entera disposición. Esa misma noche, mientras me peinaba con un cepillo de seda tan suave que era como para ponerme a dormir, me dijo una cosa que me revolvió toda por dentro: «Tu mamá se murió, pero no te preocupes porque nosotros te vamos a cuidar».

Yo todavía no me había dormido y le grité a la cara que eso no era verdad, que mi mamá no estaba muerta, pero que nunca iba a decirles donde vivía *por hijos de puta*. Al instante nomás me puse a llorar como una bendita, gritando que lo sentía, que no se lo dijera a nadie, sobre todo a él. Sin abrir la boca, y más preocupada que ofendida, Irene me ayudó a meterme en la cama y se quedó mirándome mucho tiempo con una larga pena que no entendí. Las sábanas, muy suaves, tenían un estampado de ovejas negras saltando nubecitas.

Estoy segura de que nunca se lo contó a Isidoro. De haberlo hecho quién sabe si hubiera vuelto a ver a mi vieja...

Cuando estaba con los perros, Isidoro podía ser tan divertido como temible. Aflojaba su rigidez natural y despuntaba la parte del huérfano mestizo que se agazapaba bajo las impecables camisas que le compraba Irene en Harrods, gambeteando la dentellada canina con habilidad potreril. Y a veces, cuando jugábamos en el jardín, asomaba el paria herido hasta el tuétano, que enterró para siempre su infancia de pistolero accidental en los baldíos de algún pueblo de provincia, para un buen día salir de su crisálida a rastras convertido, quién sabe cómo, en policía.

Isidoro mostraba hacia mí un cariño similar al que mostraba por sus perros. Lo que es ya mucho decir. En una ocasión Irene cometió la imprudencia de contarme que aunque nunca hubiera terminado el sexto grado, su marido tenía una inteligencia sobresaliente. Estaba muy orgullosa de él. ¿No había visto su firma, de trazo resuelto y plástico como el de un catedrático? ¿Quién iba a decir que ese tucumano elegantón, que había sido nada más y nada menos que el guardaespaldas del General, pudiera haber crecido en un rancho de San Miguel? ¡Nadie!

Yo la escuchaba abriendo la boca. Fingiendo babear por la inteligencia de Isidoro. Aparentando entusiasmo por su "gran conocimiento". Con el tiempo aprendí a recibir su caricia tosca sobre mi pelo, en el que siempre se le enredaba el anillo de oro, con una especie de sordo agradecimiento. Yo conocía bien mi lugar, y había resuelto sobrevivir. Los niños son muy hábiles en esas cosas, así que, en el trabajo de simular, llegué a fingir tan bien creerme sus sentimientos que conseguí que hasta él mismo se los creyera. El resto lo hacían los perros.

Nos espiaba desde la ventana con una cierta envidia distraída: yo era la única que lograba hacer comer a Tico, el más rebelde de sus rottweilers, y también su favorito. Había que ver cómo me chumbaba ese perro mientras me bailaba una zamba solita en el jardín. Porque a Isidoro jugar le daba pavor. Nunca dejaría de ser ese paria hijo de la brutalidad, que aparecía con cara de viejo en las fotos de los álbumes familiares que Irene escondía en el secreter. Ahí salía de lado y siempre escondido entre unos changuitos lavados a toda prisa para el retrato.

La verdad, los Arocena siempre me trataron bien. Si dijera lo contrario, mentiría. Y mentiría también si dijera que las monjas me trataron mal. No voy a negarte que hubiera en el trato tanto de unos como de otros una intención narcótica y un afán de domesticación. Aunque nada de eso prosperara, igual hubo que disimular. Callar. Del instituto a la casa de Palermo y de la casa de Palermo al instituto, y sabiendo lo que sabía a una edad en que saber puede confundir, me reservaba con rabia, y en silencio, la invalidez de la infancia. El paisaje siempre era el mismo: avenidas largas, parques, jardines… lo mejor de la zona norte, *la crème de la crème* de una ciudad que se pudría en los bordes, un territorio vedado para una pupila "con suerte" como yo. Una pupila que nunca llegaría a ver la guerra, y la única de todo el instituto que no podía contarle a nadie sus pesadillas.

Lo bueno fue que me permitieran vivir en el instituto y que sólo tuviera que ir a Palermo los fines de semana. Lo malo fue que mi amistad contigo le sirvió a Isidoro para usarme de alcahueta. «Che... así que el papá de tu amiguita es profesor, ¿no?», me preguntó durante un apacible almuerzo familiar, mientras me pelaba una manzana que dejó con sumo cuidado en mi plato de postre.

Yo me quedé viendo la campesina grabada en la porcelana y le dije que sí. Tu padre era profesor de literatura y era también el que me entregaba las cartas que mandaba mi mamá desde España. Algo que Isidoro nunca supo. «¿Y de qué?». Se recostó en la silla, que crujió. Le hizo un leve gesto a su mujer, que se levantó con disimulo diciendo que iba a preparar el café.

Le mentí y le dije que era profesor de matemáticas. Él se revolvió en la silla. Parecía que mi mentira, más que enojarlo, le provocara tristeza: «¡Qué raro, che! Juraría que tu amiguita me contó que su papá enseñaba literatura...».

Agarró otra manzana y repitió la operación. La cáscara caía en espiral: «Cuando la piel de una manzana se corta concienzudamente, se rebana de una sola pieza. Como una cabellera», dijo, relojeándome por lo bajo, entre sádico y juguetón. Dejó la manzana en el plato: «¿Por qué me mentís, Valentina?».

La cáscara quedó hecha un montoncito en el plato, tan roja y tan amontonada como yo contra la silla. ¿Qué tal si realmente hubiera hablado con vos, Jose? Ya no tenía forma de escaparme.

Yo le tartamudeé que también. «Ah... ¿ves? Tendrá muchos libros, entonces...». Me quedé con la vista fija en el suelo que brillaba, porque esa mañana la Quiché (¿te acordás de la Quiché?) lo había lavado hasta sacarle lustre. Yo vi esa biblioteca sólo una vez, y fue por un descuido mío. Un día buscaba el baño y confundí las puertas: fue cuando me encontré con un despacho lleno de libros. Dentro había un hombre. El hombre escribía. El hombre se levantó de un salto, me empujó fuera del despacho y cerró la puerta. Era la primera vez que veía a Joaquín, tu papá. Aunque me trató educadamente, noté en la presión de su mano agarrándome el brazo, la ira contenida que surge del miedo.

«No sé», volví a mentir.

«¡Cómo que no! Si vivís metida en esa casa...».

Isidoro recibió el café que le traía Irene con una sonrisa desabrida. Intentó beber un sorbo, pero apartó la taza con un gesto hostil: «Está que pela esto». Se volvió hacia mí: «Y además es algo muy bueno que el papá de tu amiguita tenga libros... ¿vos pensás que yo te dejaría ir si supiera que esa gente es una ordinaria, que no tiene educación?».

Empezaba a confundirme. Chamuyé algo así como que no. Él quiso saber por qué le mentía, y, sobre todo, por qué le decía que no sabía si había libros en esa casa, cuando el hecho de no haberlos hubiera significado la prohibición de volver. Era un buen señuelo para mis once años. Le hablé, pues, de lo que había. Mejor dicho, de lo que yo creía saber que había. Le dije de una supuesta enciclopedia de color verde con el lomo dorado que me saqué de la manga en ese mismo momento.

«¿Cómo ésa?». Se giró para señalarme los tres tomos rojos del *Diccionario Oriente*, que se llenaba de polvo en el segundo estante del armario de petiribí que repasaba la Quiché todos los miércoles. Le ordenaban que lustrara los adornos de porcelana falsa y ese gran copón de cristal que, si le dabas con el dedo, sonaba como si estuviera poblado por sirenas liliputienses. Esos libros sólo estaban ahí para rellenar un espacio. Entre tomo y tomo se formaba una delicada pelusa que no conseguía deponer ni el más eficaz de los plumeros. Nadie los abría jamás.

«Parecida», le mentí.

«¿Eso nada más?». Isidoro se tomó el café de un trago y se me quedó viendo con una sonrisa de las que arrinconan.

«No sé». Empecé a golpetear la pata de la mesa con la punta del zapato. Con unos que me había comprado Irene en una zapatería cara de la calle Florida. Era un modelo Guillermina de punta cuadrada y presilla ancha, con hebilla, muy de burguesita. A mí me gustaban los de punta redonda con botón, así que estos que llevaba puestos los odiaba. Hubiera querido romperlos mientras intentaba agujerear, sin mucho éxito, la pata de esa mesa.

Isidoro levantó el mantel un momento, y cuando vio lo que intentaba hacer, en vez de mosquearse soltó la risa. Creo que si le hubiera dicho que tu papá tenía en su casa unos libros que decían Marx y Engels en las cubiertas no se lo hubiera puesto tan evidente.

«Andá a ayudar a mamá», me ordenó.

La semana siguiente, y mientras toda la familia festejaba el Día del Niño, me enteré de que seis hombres armados entraron en tu casa. Sólo encontraron una *Enciclopedia del Mundo Animal* y unos cuantos manuales de primaria, pero se llevaron la camioneta. Tu viejo se pasó todo un día en Buenos Aires buscando una *Diccionario Oriente* para poner en el lugar de los libros que yo había visto en su despacho.

¿Vos te acordás que esa misma noche tu familia metió los libros en unas bolsas de plástico, las cerraron lo mejor que pudieron, cavaron un hoyo al pie de un aromo, y los enterraron? No volvieron a desenterrarlo hasta 1984. Cuando abrieron las bolsas, muy poco quedaba de esos libros. Hasta yo me tumbé alrededor del arbusto, alucinando ante la visión de una argamasa viscosa, cenicienta, mordida por las isocas y deshecha por el humus, que había resistido al paso de los años como resisten los cuerpos que se convierten en cenizas. Muy poco quedaba de ellos, salvo el recuerdo del espacio que alguna vez ocuparon en la biblioteca del despacho de tu papá.

Años más tarde ustedes se fueron al Brasil, así que la correspondencia entre mamá y yo se cortó. Pero no por falta de intención, sino porque me había quedado sin un intermediario que me hiciera llegar sus cartas, algo que ella interpretó como una impostura adolescente.

No sé qué hubiera sido de mí sin Baru antes de que ustedes se fueran. Baru era Hansel sin Gretel: un chico delgadísimo de ojos muy pequeños y una sonrisa de boca ancha, infinitamente dulce, que vivía con sus abuelos: «A mi viejo se lo llevaron porque Galilea rima con marea». Lo miré sin entender: «¿Y eso?». Entonces él me lo explicó: «La gente que busca rimas entre las palabras es peligrosa». A su madre también se la habían llevado: estaba con un hombre que buscaba rimas entre las palabras.

«Qué corajuda, m'hijita», decía mi vieja, agarrándome la mano y sonriendo entera, con estrías infinitas alrededor de los ojos.

10 de marzo

No fui la única que insistió en que lo buscara a Marcos Garat: Eduardo también puso su grano de arena. Ya lo venía haciendo desde hacía tiempo; antes, inclusive, de que tuvieran aquella charla en el avión. Hasta Baru se lo decía, y ella no hacía caso.

La única que consiguió convencerla fui yo.

Lo hice porque me interesaba tanto como a ella saber qué había sido de él, y porque no me acababa de cerrar que estuviera muerto. Así que empecé a buscarlo. Esto fue allá por el '89, y lo hice sin decirle nada.

Tardé bastante en dar con el secretario del arzobispo de Buenos Aires, que según recuerdo me concedió una entrevista dos semanas después. Me identifiqué como una exalumna del Sagrado Corazón, y en principio me atendió con mucha amabilidad. Pero cuando le dije que era de la Promoción '82, vi que torcía la boca. Él tenía una vaga idea de lo que yo iba a buscar, y cuando le pregunté por el padre Marcos Garat, noté que se atajaba. Confesó que le sonaba el nombre y entendí que, sutilmente, intentaba averiguar los motivos que me movían a encontrarlo.

Le dije que tenía razones para creer que Marcos había sido secuestrado por los militares en el '77. Entonces la boca se le volvió a torcer. La forma en que se escabullía me dejó de piedra. Ahí nomás caí en que no iba a hablar del caso, y me despidió entre sonrisas con un descaro como no he visto nunca, prometiendo averiguar lo antes posible todo lo que pudiera.

Yo creí que nunca llegaría esa respuesta, no después de mi primera visita al arzobispado. Sin embargo, la respuesta llegó. Y no fue por él, sino por Luciana Bianchi, una vieja compañera del instituto, no sé si te acordarás de ella... Yo había oído que el marido de su hermana trabajaba desde hacía años en el arzobispado, así que un día la llamé. Me sorprendió que Luciana ya estuviera enterada de algunas cosas.

«¿Sos vos la que anda buscando a Garat?».

Yo le había contado un poco la historia, y se lo imaginó. Como no sabía qué decirle, me dijo que no me preocupara, que su cuñado había oído que la curia pretendía tratar el asunto con mucha delicadeza: «El cura Garat está vivo, pero lejos, en el Chaco, de donde es él».

Días después recibí otra llamada. Ahora el que quería verme era el ayudante del secretario. El hombre me recibió con aséptica amabilidad: quedó claro que su convocatoria respondía a una segunda intención. Nada más al empezar comprendí que estaba más interesado en saber por qué buscaba yo a Garat que dispuesto a darme información. Pero me la dio de todas maneras.

En efecto, Marcos estaba en el Chaco. Le pregunté el lugar exacto, pero él me andaba con vueltas y se hacía el desentendido. Entonces le insistí para que me dijera, por lo menos, el nombre de la capilla, y eso sí que lo sabía: era la Capilla de Santo Bartolomé, en El Impenetrable.

Al muy zorro se le ocurrió preguntarme si yo conocía la provincia. Cuando le dije que no, me miró con cierta compasión: «Pero mire que allí es puro monte». Y agregó que algunos pastores elegían ser trasladados a regiones apenas accesibles, a las cuales sólo era posible llegar mediante la ayuda de un baqueano, con muy rudimentarios medios de transporte, con cuarenta y cinco grados a la sombra, y a riesgo de cualquier peligro. El único modo de llegar a esas tierras era de oídas, y estando ahí. «¿Podrá darme un número de teléfono, por lo menos?». Y el hombre se echó a reír. Qué número ni qué ocho cuartos, a Santo Bartolomé no llegaba el teléfono.

Así que le dejé el mío, diciéndole que si en quince días no recibía ninguna noticia de Marcos Garat, sería él quien tendría noticias mías. Me despidió con frialdad y yo seguí por mi cuenta, un poco resignada, ciertamente, a no recibir ninguna llamada, aunque firme en mi propósito de viajar al Chaco de todas formas.

Es así que una mañana suena el teléfono y me entero de que Marcos Garat me está llamando desde su provincia. Se le oía un poco nervioso, aunque entusiasmado, se diría que feliz. Hablamos un buen rato y me dejó las coordenadas exactas para llegar al pueblo. Me lo describió todo como si fuera una bitácora: «El secretario del arzobispo no te exageró, aquí no es moco de pavo», me dijo.

Entonces comprendí que había llegado el momento de contárselo a mamá.

Al salir de Resistencia nos dimos cuenta de que Marcos estaba en lo cierto con respecto al paisaje. Y aunque no estuviera en nuestros planes quedarnos en capital de provincia, alguien nos dijo que ni se nos ocurriera ponernos en camino hacia el mediodía, porque esa era la peor hora para viajar. No nos pusimos en marcha hasta las cuatro de la tarde, cuando un montero con vehículo equipado que estaba de paso por Resistencia se ofreció a cruzar el Chaco, hasta el norte, donde nos recogió Victoriano, un hombre de toda confianza enviado por Marcos.

Victoriano se conocía El Impenetrable y el río Bermejo como a la palma de su mano. Cuando mamá pretendió ofrecerle dinero, el hombre se lo rechazó con tosca amabilidad. Luego nos montamos a una F-100 toda destartalada y allí nos fuimos, tras cargar una media docena de cajones llenos de unos surubíes que olían muy mal. De no haber sido por el perfume del quebracho, tan rico, y por ese paisaje fantástico de rojos y verdes crecidos, me hubiera descompuesto nomás al llegar, pero poco a poco el malestar se fue disipando.

El hijastro de Victoriano, un chiquilín de unos ocho años, me iba explicando los destinos. Allá en el monte los hombres cortaban el quebracho con unas sierras enormes, los cargaban en camiones, y los llevaban al aserradero. A veces, llovía. Le pregunté si donde él vivía también llovía, y con la mayor naturalidad me respondió que habían sido evacuados en diciembre. Es que allí se pescan unos surubíes sabrosísimos, pero a menudo el río se toma la revancha, y los inunda. No es fácil vivir ahí.

Lejos de cualquier ruta, y mordiendo un camino donde no pasa ni Cristo, a unas dos leguas del río Bermejo hay un pueblo —más bien una comunidad— llamada Santo Bartolomé. En el pueblo vivían entonces unas cincuenta familias. La mitad de la población eran niños, y la otra mitad, cosecheros y gente que trabajaba en El Impenetrable.

Según nos contaron, cuando Marcos llegó a Santo Bartolomé la comunidad no se llamaba así. En realidad, no se llamaba de ninguna manera, y eran sólo unas veinte casas. La curia le eligió ese destino en el año '83, algo que en su momento resultó ser una buena forma de quitárselo de encima de un modo prudente, y a la vez lícito, sin tener que confinarlo al destierro total y absoluto de los monasterios.

Sin embargo, al llegar al caserío Marcos se dio cuenta de que, si la curia pretendía desterrarlo, había elegido bien, porque Santo Bartolomé era sin duda alguna buen sitio para el destierro.

La gente de Santo Bartolomé no estaba acostumbrada a las visitas que no fueran de sus familiares wichís y algún que otro criollo. Ni siquiera los visitaba gente de Resistencia, así que la idea de recibir gente de Buenos Aires les provocaba una enorme expectación. Sin embargo, el más excitado ahí era Marcos. Por mamá, supongo; algo que me pareció lógico: la última vez que se vieron pensaron que jamás se encontrarían de nuevo… ¿cómo iba a imaginar que una vieja amiga suya y su hija, que entonces no era más que una chiquilina, harían semejante viaje para visitarlo, trece años después?

Marcos le apretó las manos y la miró intensamente a través de sus anteojos, pero no los mismos que llevaba en los tiempos del Sagrado Corazón. De chica yo pensaba que era lindo, lindísimo, con esos ojazos verdes y esa piel aceitunada, pero al llegar al pueblo me encontré con un hombre ya mayor, muy delgado, que nos miraba sonriendo, vestido con un vaquero gastado y un sayo blanco, de pie junto al esqueleto de lo que iba a ser la escuela. Tras el asombro y la alegría nos invitó a pasar a la casita donde vivía, que estaba pegada a una especie de capilla. Nada más al entrar puso la pava al fuego, que es lo que se hace cuando llegan los amigos. Noté que le temblaban las manos, y que cojeaba un poco. Que sacudía la cabeza mientras revolvía la yerba en el mate, sonriendo. Yo no recordaba que Marcos cojeara: «Amargo, eh».

«¡Dulce!», le retruqué con entusiasmo.

Marcos me miró como si me estuviera viendo por primera vez: «Tendrá que ser amargo, pecosa, porque no hay azúcar».

Él nunca me había llamado por mi nombre. Para él, yo era "la pecosa".

Mi madre y yo lo tomábamos dulce, era nuestro ritual de todos los días antes del crepúsculo. Pero esa tarde hubiera sido capaz de tomarlo de cualquier manera, así que le quitó el mate a Marcos y sin decir ni una palabra, se dispuso a cebarlo ella misma. Fue una decisión natural, el apogeo de una celebración silenciosa a la que por supuesto nadie se opuso. Marcos se sentó a la mesa en su sillita de cáñamo, a mi lado, y esperó la ronda hablando poca cosa, lo justo y necesario. Poco se dijo, ya que poco hay que decir cuando se vuelve a casa.

Esa noche cenamos en lo de Victoriano. Él trabajaba en el quebrachal, y su mujer era la comadrona de Santo Bartolomé. Nos hizo pasar a una cocinita grasienta y separó unas sillas. Ahí mismo el nene le rebanó la cabeza a un surubí que sujetaba por la cola, sobre una mesada de azulejos verdes. En un extremo de la mesada había otro surubí, más pequeño, dentro de una palangana de plástico muy percudida por los años y las sales.

Victoriano es un mestizo inexpresivo, así que no me fue posible saber qué impresión les habremos causado. Pero nos invitó a cenar con una sonrisa para adentro que prometía una recepción tan fresca como el surubí. Marcos sugirió descorchar un tinto que había conseguido en Resistencia, así que fue una cena impiadosa para el pobre pescado. Me llamó la atención que en ningún momento bendijera la comida. El montero hablaba poco, pero tomaba mucho, afirmando con la cabeza a los comentarios que hacía el cura. Y ahí estábamos mi vieja y yo, cenando prácticamente en silencio a la mesa de esta buena gente; un poco atónitas, y felices, también. La puerta de casa abierta, las cigarras y los grillos hasta el fondo del horizonte, en una noche apestada de mosquitos.

Marcos rompió el hielo recién cuando la mujer de Victoriano empezaba a retirar los platos. Ella preguntó si queríamos mate y nadie dijo que no. El cura hablaba y se dejaba interrumpir por el montero, que hacía sus acotaciones. Hablaban de la escuela, y del correo, porque ya tenían correo y les llegaba un cartero cada quince días. También hubo que hacer gestiones para eso, desde Sáenz Peña, donde vivía el hijo mayor de Victoriano, que era el cartero del pueblo. Estaban contentos porque muchos de ellos tenían familiares y amigos ahí.

De todas formas, Victoriano se quejaba sacudiendo la cabeza. Él no le reprochaba nada a esa tierra, pero al río, sí: «Está lindo pa'pescar, nomás».

El problema eran las crecidas. Y el monte, bueno… leguas y leguas sin nada, a menudo un horno sin sombra. No lo dijo, pero yo creo que se resignaba, como todos, a esa tierra ingrata.

Consciente de que pocos llegarán para verlo cargar con empresas demasiado grandes en un mundo de escasas alternativas, Marcos los escuchaba y siempre tenía una respuesta, e ideas para posibles soluciones:

«Sos una utopía con patas», le dije, lo bastante en broma como para aflojar la tensión.

Pero los ojos de él relampaguearon a través de sus lentes: «¡Qué utopía ni utopía, pecosa! Acá hay que conseguir plata... ¡plata para mejorar la vida de esta gente! Y para que no se sigan quedando con el monte...».

Entonces me di cuenta de que había dicho una estupidez, y fue como si su presencia me aplastara.

Por lo que nos contó, Marcos fue secuestrado en agosto del '76 y estuvo desaparecido dieciocho días. ¿Dónde? Lo sabe, pero esto es algo que no nos dijo. Como tampoco nos dijo qué le sucedió en ese lugar; por pudor, quizá, o porque sencillamente no quería ni hablar de eso. Nos confió que allá por el '83, la Iglesia le sugirió no dar testimonio en los juicios, aunque yo pienso que más bien se lo prohibieron. Lo que sí nos contó es que al volver, tanto el Gobierno como la Iglesia pretendieron silenciarlo, de forma tal que al quedar en libertad, Marcos hizo lo que nunca había hecho en su vida: callarse.

Primero lo enviaron a Santa Fe; y allí nada de capillas ni acciones sociales, nada de homilías. Lo limitaron a trabajos administrativos en la curia. Más tarde le designaron Córdoba, con la misma tarea. Y finalmente, cuando creyeron que ya estaba domesticado, le ofrecieron algo de plata para construir una capilla en el Chaco. Marcos aceptó, a sabiendas de que después de eso la Iglesia iba a olvidarse de él. El dinero no alcanzó ni para los ventanales.

Antes de llegar ahí, ese pueblo no era más que un caserío habitado por monteros, y ni siquiera tenían escuela. No fue nada fácil con ellos. Eran impredecibles como los temporales, y ariscos. Llevaban sangre wichí, y hablaban poco. No eran ni blancos ni negros: eran pardos. Además, no conocían otra verdad que no fuera el monte y el río. Pero no eran gente simple, nadie lo es.

Marcos dejó que los monteros bautizaran el caserío con el nombre que quisieran. Y ellos, en memoria de un viejo curandero que en otro tiempo había andado por esas tierras como un paria, le llamaron Santo Bartolomé. Así le decían al curandero, y así llamaron a la capilla. Hubo que empezarla de cero. La completaron a fuerza de adobe y donaciones. Sólo que tres años después la capilla original se quemó y tuvieron que reconstruirla. En esta ocasión, el Gobierno recién estrenado los favoreció, y al pueblo se le otorgó un pequeño subsidio tanto para la reconstrucción como para su ampliación. La mano de obra quedó a cargo de ellos.

La capilla de Santo Bartolomé quedó terminada en el '88, y era preciosa. Rara, eso sí. Había sido hecha a golpe y a capricho de los monteros, con más voluntad que oficio, y destacaba en el monte. El poblado, en cambio, era pobrísimo; ni qué hablar de las viviendas. Sin embargo tenían su hospitalito, y ya estaba en obra la primera escuela. El año anterior se habían hecho gestiones para obtener un nuevo subsidio, pero el gobierno de la provincia ignoró el pedido, así que hacían lo que podían, con Marcos a la cabeza del proyecto: «La ciudad me duele. Es ahí donde se garabatea el destino de mi gente; y es ahí donde se decide si comen o se pudren», nos explicó.

Al día siguiente de nuestra llegada, Marcos y mamá se fueron al monte. Era la primera vez que tenían ocasión de hablar tranquilos y a solas, así que yo me quedé con Victoriano oyendo historias de crecidas y capillas que nunca podían ser terminadas. Le pedí que me dejara verla por dentro, y él se mostró indeciso antes de darme las llaves: «Pero mire que al Cristo no lo pusimos todavía...».

Lo que me llamó la atención al entrar no fue la ausencia del Cristo en el altarcito, una planta semicircular de superficie encalada, muy blanca, con una bóveda donde los monteros se las ingeniaron para empotrar unas estrafalarias claraboyas hechas con botellas de vidrio que la hacían resplandecer; sino los murales pintados en las paredes. Eran imágenes de hombres labrando la tierra, hombres como jaguares subidos a la copa de grandes árboles rojos, mujeres amamantando fieras, niños remando en una barcaza sobre un río encrespado, cigarras enormes asomando por entre las flores amarillas del quebracho, y un sinfín de motivos que había que mirar con lupa.

Pero hubo algo más que me sorprendió, y fue que la capilla tuviera una biblioteca. Se habían cuidado de construir unos huecos igualmente encalados, donde se acumulaban los libros. Había libros hasta por los suelos, así que agarré uno. La tapa estaba tan desgastada que apenas pude leer el título: *Obras completas, Tomo III,* de Rodolfo Kush. Lo abrí en la primera página, donde había un párrafo subrayado con lápiz:

"Las situaciones del pensar culto y del pensar popular parecieran simétricamente invertidas. Si en el pensar culto predomina lo técnico, en el popular este pasa a segundo plano y en cambio predomina lo semántico. En suma, si en los sectores populares se dice ALGO, en el sector culto se dice CÓMO. Eso no implica una división sino más bien una falsa elección de dos elementos que se correlacionan. Es natural que haya un ALGO y un CÓMO en el decir, pero no es natural que ambos se distancien y se sobrevalore el CÓMO sobre el ALGO".

«Ah, los libros. La hicimos así para ahorrar tiempo y espacio».

Marcos acababa de entrar por la puerta con mi vieja. Agarró uno y se quedó dándole vueltas en la mano, sonriendo pensativo. Me miró: «No, en realidad la hicimos así por falta de plata… ¡Imaginate pedirle a la curia una biblioteca llena de libros prohibidos por la dictadura!». Se echó a reír, dejando el libro en su sitio.

Yo le señalé el mío: «¿Rodolfo Kush? ¿Quién es?».

Él se sonrió misteriosamente: «Un brujo. Llevátelo que te va a venir bien». Y siguió: «Hay de todo. Alguna antología de Constantini… ¡ni te cuento de los que conseguimos rescatar de la quema! Osvaldo Bayer, Erasmo… *Elogio de la locura*… ¡Mirá! Rodolfo Walsh, *Variaciones en rojo*… Y un libro infantil, seguro que no lo conocés: *Un elefante ocupa mucho espacio*, lo prohibieron porque ahí los elefantes van a huelga».

Yo estaba perpleja. ¿Cómo los había conseguido? Nunca me respondió.

«Pero, ellos... ¿los leen?». Me refería a los monteros.

Marcos volvió a sonreírse con su misterio tristón:

«Ellos no los necesitan. Están todos escritos ahí», me explicó, señalando el mural del altarcito.

«Y este, Kusch... ¿era ateo?».

Acá Marcos sofocó una carcajada de las de Victoriano, para adentro.

«¿Y qué sería eso?», me cuchicheó, con una mirada tan burlona que me hizo avergonzar.

Mientras salíamos de la capilla me rodeó con su brazo. Fue ahí que noté con más detalle la intensidad de su cojera. «Como decía Heine: donde se empieza quemando libros, se termina quemando hombres. Y quién sabe por dónde andaría Dios mientras los quemaban...».

Afuera hacía el sol rabioso de siempre, así que nos refugiamos nuevamente en casa del montero. Por la noche se preparó una cena de despedida en la que todos comimos y tomamos más de la cuenta, y en la que el cura descorchó una primorosa botella de mistela en forma de ombú, espoleado por el dueño de casa, que perdía sus alpargatas por verlo *mamao*. Sin embargo, no lo consiguió.

Tampoco lo consiguió con mamá. Con Marcos presente, ella necesitaba mantenerse sobria, salir a fumarse un cigarro sentada en el soportal, bajo un manto de estrellas con quién sabe qué cosas rondando por su cabeza, pero sobria.

Después de levantar la mesa con la mujer de Victoriano y repartir las sobras entre los perros que ladraban arrebatados, me deslicé prudentemente bajo la techumbre de palma y me acosté en la hamaca paraguaya que colgaba entre los postes del soportal. Cerré los ojos, y pretendí hacerme la dormida. Entonces apareció el cura. Poco podía verles desde mi ángulo, pero sí que pude oír lo que hablaban. Empezaron hablando de los malos agüeros que traían las noches perfectas, y terminaron hablando, en susurros, de lo que había sido sobrevivir en esos chupaderos.

Recostado en el barandal de la improvisada escalera que subía al porche, Marcos armaba un cigarrillo tras otro entre largos silencios y preguntas que, por no tener respuesta, quedaban colgando del aire. Mamá lo escuchaba fumándose el suyo, tan hermosa y tan rota como le era posible. La pregunta de Marcos, formulada de mil maneras diferentes, en distintos tonos y con énfasis disparejo, era siempre la misma: ¿por qué él estaba vivo y los demás no? Con movimientos nerviosos, daba a entender que la respuesta a eso lo atormentaba. No pensaba que pudieran ser los designios de Dios, sino alguna otra cosa. Oí su voz amortiguada bajo un coro de grillos. «Cuando el horror lleva la cara de un tipo y es el tipo el que tortura, uno se pregunta si Dios ha tenido algo que ver en eso. Sólo mucho después empezás a preguntarte si será cuestión de Dios, o más bien de los humanos calladitos, y no tan calladitos, que lo permitieron».

Marcos creía que todo tiene una lógica implícita, hasta los juegos más siniestros. Pero el horror no. En aquellos sótanos, la vida o la muerte dependían de un estado de ánimo. La vida o la muerte de los otros en manos siempre de un diablo caprichoso, esa era la respuesta que él no conocía y que tanto lo atormentaba: saber que la lógica del horror, tanto para las causas como para las consecuencias era, paradójicamente, la irracionalidad.

«Vos te exiliaste afuera, yo me exilié acá dentro; soy medio toba. Este es mi exilio definitivo. Hice todo para conseguir el exilio voluntario acá, en mi tierra. Con la picana perdí parte del pie derecho. No nací para vivir en una prisión, este es mi paraíso. Esto recién empieza, seguimos resultando incómodos, pero hacé una cosa: ni siquiera lo insinúes. El exilio voluntario es la mejor opción para un país que es un banquete ajeno, y que yo sepa, ningún ciudadano argentino es banquete de nadie. Sobreviví como sea, porque tu amor es más grande que el miedo. Nadie te va a salvar, sólo vos. Es una realidad dentro de la cual viven millones, expresada desde una dimensión que trasciende la trampa mental de la política partidaria... vos no estás ahí; pero la pecosa ¿qué hará? ¿Entrará? ¿Picará el anzuelo como hace picar Victoriano a los surubíes?».

Yo seguía en la hamaca, haciéndome la dormida. Pensaba en cómo hacer para que el ALGO y el CÓMO se concilien.

¿Ocurriría alguna vez?

Al día siguiente nos fuimos.

18 de marzo

El que me llama de vez en cuando, siempre sobre esta hora y siempre un poco curda, es mi papá. A mí me gusta escucharlo. Me divierte mucho su indomesticable lunfardo, su voz amortiguada por el tabaco, su aparente inocencia de pajarón sobresaltado al decirme lo mucho que me quiere. Su mujer lo dejó para siempre y sus otras dos hijas —a quienes no conozco— sólo lo visitan muy de vez en cuando.

La vieja tardó demasiado en largarme lo que le contó en la época en que ella se volvió al bulín de La Boca, años después de que regresaran de España. Y eso que él juraba que no volverían a encontrarse. Tenía la costumbre de bromear con eso de que Buenos Aires es el único lugar del mundo… en fin, y me contó también lo de los guijarros. Unos guijarros que al final ella nunca se molestó en sembrar.

Pero él sí.

El viejo es un seductor por los cuatro costados, un porteño de libro, si hasta huele a río… pero está quebrado, con él no hay nada que hacer. «Vos tendrías que ser una resentida», me dice siempre; «¿Por qué no sos una resentida vos?». Claro: madre puta, padre bolche… Hija ilegítima. Cada vez que me ve empieza a manotearse los bolsillos, atolondrado, en busca de un Camel. ¿Yo una resentida? ¿Y por qué? No sabría cómo serlo.

Me contó mi vieja que hace años Eduardo andaba como perdido, y era puro ojos, puro ojos como si todo su cuerpo fuera nada más que esos ojos donde, más que vida, anidaba la vergüenza, una vergüenza gigante, demoledora. Así lo encontró una tarde en el café donde se citaron, que fue donde él le contó de arriba abajo todo lo que nunca le había contado a nadie. La vergüenza que sentía de haber sido un traidor. «Un cuerpachón de hombre salvado por delatar», le dijo; porque él sí que sabía… sabía mucho, y ya desde el principio tuvo claro que en caso de que lo chuparan, su familia iba a estar por encima de todo.

Mi vieja dijo que no lloraba delante de ella porque las pastillas lo mantenían entero, o eso pensó. Luego me confesó que, tal como lo había visto, hubiera preferido verlo llorar: «Así que te pido perdón, Mecha, porque si a vos te chuparon, fue por mí», le dijo con la boca y los ojos secos, y tan secos que contagiaban de vergüenza.

Yo no sé si ella lo habrá perdonado o no, lo que sé es que después de eso siguieron viéndose. Y un día me lo presentó: «Este es tu papá», me dijo, así como si tal cosa, arrastrando una silla para sentarse. Luego encendió un cigarro y se quedó mirando por la ventana con cara de no estar viendo nada.

Eduardo y yo nos gustamos desde el principio. Llegamos, inclusive, a plantear una exposición compartida en Recoleta, algo que nunca se concretó. Con el tiempo agarramos la costumbre de quedar en la Costanera. Charlábamos durante horas, más que como padre e hija como colegas, o como extraños enemigos que se sospechan: «En España todo está vivo, es como un gran nido de saltamontes», me dijo un día.

«¿Y qué me decís de Argentina?».

Mi pregunta lo tomó por sorpresa, y se quedó pensativo, viendo el horizonte. Agarrado a su tango furioso. Como un disco rayado en plan milonga vieja, tragicómica. Nos habíamos tomado unas copas en Parque Chacabuco y estaba un poco curda, así que largaba cualquier cosa. Milongas, extravagancias y diatribas de filósofo discepoliano, quebradizo, y duro a la vez:

«Es que este país lleva el nombre de un metal precioso, y es llamativo que lleve un nombre así... ¿sabías que Argentina proviene de *argentum*, que significa plata? Nada más irónico que este río se llame así... Cada vez que lo miro, pienso en un gran vientre de fango... ¡Tan grande! ¡Tan ancho! Una paradoja demencial».

Hablaba como un alquimista urbano, como un brujo de las cloacas, riéndose de todo, inclusive de él. Sonriéndole a la muerte. Sonriéndole al dolor. Les mostraba los dientes como un perro que ya ha superado la rabia y sabe que no va a morder. Les pasaba la mano por el lomo como si fueran mascotas.

Ahora hace mucho que no lo veo. Nuestro último encuentro se produjo en el Parque de la Memoria, frente al río, días después de que lo inauguraran. Él se presentó a concurso, y aunque no lo seleccionaron, hubo gente que se acercó para saludarlo. Eduardo detesta los halagos. Prefiere mantenerse al margen del ambiente y de los adulones, se nota que no le gustan esas cosas: «No soy más que un herrero», decía, agachando el mentón con vergüenza al quedar expuesto, y por tributo, ante un público que se le ponía por delante con el único fin de mostrarle su reconocimiento.

«Hace mucho tu mamá y yo conocimos a una mujer. Te va a parecer loco, pero nos dio las coordenadas exactas de este parque antes de que existiera. Esa mujer me hizo sentir que el oficio de herrero sigue siendo un buen oficio». Apoyó su mano sobre una escultura, y la recorrió despacio, casi con dulzura.

Me llevó a través de una colina cubierta de césped, partida en dos por una ancha grieta que llega hasta el río, y me señaló uno de los dos grupos escultóricos que hay a los costados: «También te gusta la piedra», subrayé.

«¿La piedra? Ah, sí. Tu mamá me servía de modelo para los bocetos... te lo contó, ¿no? Es una mina bárbara tu mamá, pero eso ya lo sabés».

Eduardo se plantó de cara al río con expresión sedante. Por primera vez en todos estos años (y ya han pasado más de veinte) lo he visto avejentado. Y no es por las canas, sino por la giba que le curva el espinazo como si cargara con un saco. Un saco de piedras, justamente. Creo que por fin hemos aprendido a ser padre e hija.

«Sí, y ahora va a publicar el relato que escribió cuando estuvo en España».

Él se me quedó viendo con sorpresa: «No me digas... ¿escribió algo Mechita?».

«Sí, algo sobre esos tiempos».

«¿Y me nombra?».

«Claro que te nombra».

Empezamos a caminar un poco sin rumbo fijo, entre las piedras que se yerguen "tan lejos del cielo" y tan fácil de alcanzar en España, según él, donde el cielo parece rozarse con la yema de los dedos. No como en Buenos Aires, donde ninguna piedra llegará a rozarlo nunca. Y donde no obstante los hombres son tan pequeños y las piedras tan altas.

«Nunca me contaste lo que pasó con el cura...».

No era raro que me preguntara por Marcos. Basta con que hablemos de mi vieja para que a él le entre la persecuta, nada más que por celos. Que si el cura esto, que si el cura lo otro… pero nunca me había preguntado abiertamente cómo terminó nuestra aventura en El Impenetrable, hace tantos años. No había pasado gran cosa, en realidad. Nada más nos quedamos unos días y nos volvimos a Buenos Aires con el recuerdo de un cura que construía bibliotecas en forma de capilla, con cuatro palos y unas cuantas piedras. Sin embargo, siempre he pensado que el verdadero aterrizaje de mi vieja se produjo el día en que supo que Marcos Garat no sólo estaba vivo, sino que además construía capillas con palos y piedras.

Después de eso volvió a tomárselo como un ancla.

«O sea que se escriben… ¿Y qué se escriben? ¡Qué carajo podrá escribirle un cura comunista a una mina como Mechita!». Eduardo hizo una pausa de esas que disimulan vergüenza, también mortificación.

Caminamos un buen trecho en silencio. Silboteando, él, por lo bajo, ese tango que habla de un barco italiano. «Silbando con cara de lluvia», como dice la vieja cuando ve a alguien intentando sofocar su malestar, o lo que sea, en ese hábito rioplatense de soplar canciones ante las cosas que no tienen solución. Me dio pena el pobre viejo. Saber que podrá tener a mi madre de mil maneras, pero que tenerla tal como él querría tenerla, nunca la tendrá.

«Marcos no es comunista, Eduardo».

Siempre se ablanda cuando lo agarro del brazo. Llegados a ese punto, él sabe que puedo más que la ira y que su dialéctica. Que puedo, inclusive, más que el Old Smuggler y que la única ciudad del mundo donde a él no le importaría caer fulminado por un rayo.

«¿Ah no? ¿Y qué es?».

«Todavía no sé muy bien».

Soltó una carcajada salvaje:

«¡Dale! ¡Un cura comunista!».

«No, papá. El comunista sos vos».

Él continuaba absorto en la contemplación del río con ese fervor aparentemente involuntario que le despiertan ciertas mujeres desconocidas, y que nunca se ha molestado en disimular. Me miraba intrigado: «Y vos, ¿qué sos?».

Por la forma en que le temblaba la comisura del labio noté que esperaba una respuesta que no lo decepcionara.

«Soy tu hija, papá».

No hubo decepción. Tampoco regocijo. Sólo una sonrisa retraída, y una mirada algo miope, ofuscada por los destellos del sol sobre la chapa lustrosa del río. Aquello me llegó como un relámpago. Como una evidencia exacta y sin palabras, una ráfaga de viento que te golpea en la nuca y es capaz de precipitar un cambio, acaso insignificante, aunque definitivo. Sólo un gesto. Sólo un ligero movimiento donde se pulveriza el pasado y comienza la insurrección. Entonces le hice dar la vuelta; prácticamente lo forcé a hacerlo.

La ciudad se erguía ante nosotros, enorme y difusa, como un espejismo apenas dibujado en la lontananza. Él me miró con un asombro absoluto, con la alegría súbita, incandescente, de quien recuerda el futuro.

20 de marzo

En fin, Josefina. Que a esta carta adjunto el manuscrito de mamá, el que me dejó para que te lo diera. Ya verás vos qué puede hacerse con él, porque yo no tengo ni idea. Vos sos la periodista, y supongo que sabrás qué hacer con eso y con todo lo demás. Sospecho que podría escribirse una novela; ya me dirás. En cuanto a los Arocena, no puedo contarte gran cosa, porque después de que mi vieja denunciara mi secuestro ilegal, hace ya más de quince años, y el caso saliera en prensa, la verdad es que no he vuelto a verlos. Pero tengo entendido que Irene le pidió el divorcio a Isidoro y se fue a Venezuela. Te dejo su nombre y apellidos adjuntos a pie de página, por si te interesa localizarla y hacerle una entrevista. El teléfono de él no lo tengo, y ojalá pudiera darte el de la cárcel, pero sabemos que, como tantos, aún no está donde debiera estar, sino en su preciosa casa de Palermo dando de comer a sus canarios.

Sólo que ahora que empezaron los juicios, ya le queda bien poco.

Te dejo un fuerte abrazo, y el perfume de los aromos que hay en el jardín. Hasta pronto.

Valentina

www.ingramcontent.com/pod-product-compliance
Lightning Source LLC
Chambersburg PA
CBHW051845170626
46807CB00003B/1357